Isabelle Lorédan

En eaux troubles

Roman

Édition : BoD · Books on Demand,
31 avenue Saint-Rémy, 57600 Forbach,
bod@bod.fr
Impression : Libri Plureos GmbH,
Friedensallee 273, 22763 Hamburg
(Allemagne)

© Isabelle Lorédan 2023
Graphisme : Isabelle Lorédan
Mise en page : Mathilde Awignano
Photo couverture : Patrice Galmiche
BoD éditions 2025
Tous droits réservés
Dépôt légal : mai 2025
ISBN : 978-2-3225-7064-5

En eaux troubles

Isabelle Lorédan

*C'est à celui qui domine sur les esprits par
la force de la vérité, non à ceux qui font des esclaves
par la violence, que nous devons nos respects.*

Voltaire

*Une chance que personne ne puisse connaître nos
pensées les plus secrètes.
Nous apparaîtrions tels que nous sommes, à savoir des
imbéciles manipulateurs et prétentieux.*

Michael Connely – Le Poète

CET OUVRAGE EST UNE FICTION

Si les lieux dans lesquels se déroule l'intrigue sont existants ou presque, toute ressemblance entre les personnages et des personnes existantes ou ayant existé serait purement fortuite, malgré l'usage de patronymes issus du cru local.

I.

C'était le jour du grand déménagement. Durant des heures, ils avaient tracé la route en remontant la vallée du Rhône jusqu'à Bourg-en-Bresse avant d'emprunter l'A39 en direction de Besançon, puis l'A36 pour gagner le nord Franche-Comté. Ensuite ils avaient rejoint Vesoul. *« Tu as voulu voir Vesoul et tu as vu Vesoul »,* songea Julia alors que, au loin sur leur gauche, Jacques Brel les regardait passer stoïquement du haut de l'immeuble dont il ornait la façade. Tu parles d'une idée ! Qui pouvait avoir envie de venir s'enterrer ici ? Pas elle en tout cas. Crispé au volant du SUV, Jérôme scrutait l'asphalte, absorbé par la conduite. Ils avaient quitté Montélimar le matin même, laissant derrière eux quinze années de vie au soleil de la Drôme Provençale, leurs amis... À l'arrière, Oscar s'était endormi sur son rehausseur en serrant dans ses bras Scotty, un chien en peluche tout pelé qu'il traînait partout depuis qu'il savait marcher.

Leur équilibre avait basculé lorsque la COVID avait frappé de plein fouet le pays au printemps précédent. La nouvelle était tombée brutalement un soir d'avril 2020. *« Jérôme, ton père est à l'hôpital. Il va mal, très mal. Il est dans le coma. »*.

Cela faisait vingt ans qu'il n'avait pas vu son paternel, depuis le jour où, après une violente dispute, Jérôme s'était enfui en claquant la porte, était monté dans sa Twingo et avait mis le plus de kilomètres qu'il avait pu avec eux. C'était au lendemain de l'enterrement de Jeanne, sa mère. Dès lors, il n'était jamais revenu dans sa Haute-Saône natale. Julia n'en savait pas davantage, il s'était toujours refusé à lui donner plus de détails sur ce qu'il s'était passé ce jour-là et elle n'avait jamais insisté, sentant là une blessure profonde qui ne s'était jamais vraiment cicatrisée. Antoine, le père de Jérôme, avait attrapé la COVID en mars. En détresse respiratoire sévère, il avait été placé sous assistance deux semaines plus tard. Un médecin du

CHU de Besançon les avait appelés, début mai, pour annoncer que c'était la fin et qu'il fallait le débrancher. Puis, cela avait été au tour du notaire de les contacter, pour liquider la succession. Oh ! Rien d'extraordinaire. L'essentiel de l'héritage consistait en une ancienne ferme perdue au fond de la campagne haut-saônoise, quelques hectares de terre incluant un étang. Dès lors, Jérôme — fils unique — n'avait eu de cesse que de vouloir y retourner. *« Tu tiens vraiment à revivre un enfermement en ville ? »* avait-il dit à Julia. Il était juste que ce confinement prolongé avait été dur pour tout le monde, malgré leur vaste appartement et son balcon.

Jérôme s'était déplacé pour effectuer un inventaire des travaux à mener, sélectionner les entreprises qui les réaliseraient. Julia l'avait laissé faire avec détachement. Puisqu'il l'excluait d'emblée des choix d'aménagement de ce qui allait devenir leur maison, pourquoi s'investirait-elle dans un projet qui n'était pas le sien ? Et puis, il fallait bien le dire, elle avait pensé qu'il changerait peut-être d'avis, reviendrait à la raison. Mais il n'en avait rien été ! En citadine pur jus, elle ne se voyait pas vivre au milieu de nulle part, dans une région inconnue où elle n'avait aucune attache.

— On est bientôt arrivé ? dit Oscar, d'une petite voix ensommeillée.

— Oui, d'un moment à l'autre mon chéri, lui répondit sa mère, après avoir jeté un œil à l'écran du GPS qui affichait la demi-heure restante de trajet à parcourir.

— J'ai faim moi…

Julia lui tendit une barre de céréales chocolatées. La route se faisait moins large, serpentant dans une végétation fournie. Au loin, à flanc de colline, les squelettes dressés de sapins morts roussissaient l'horizon en lugubres silhouettes fantomatiques qui la firent frissonner d'appréhension. Sur les bas-côtés, les bruyères en fleur formaient un tapis mauve dans lequel s'entremêlaient des fougères. *« La couleur de sortie de deuil »* ne put-elle s'empêcher de penser. Celui de sa vie passée… Positivons, se dit-elle. Finalement, ce sera peut-être bien de vivre au grand air, ne serait-ce que pour Oscar. Son père lui avait promis des cabanes dans les arbres, des parties de pêche et même un chien. L'enfant avait applaudi en poussant des cris de joie… Du haut de ses cinq ans, il se rêvait déjà en grand aventurier du *Far East*.

— Nous voici au cœur des Mille Étangs, dit Jérôme. Ici, il y en a partout. Regardez !

Effectivement, chaque virage passé en révélait de nouveaux : modestes ou plus grands, aménagés ou non, bordés de roselières ou fleuris de nénuphars pour certains, asséchés pour d'autres. Pour la première fois, Julia se sentit touchée par la beauté sauvage du paysage. Et s'il avait raison ? Ils allaient entamer une page vierge de leur vie dans ce pays que les guides touristiques décrivaient comme une « Petite Finlande ».

À un carrefour, le véhicule s'engagea sur une étroite voie, dont le gabarit était entre le chemin vicinal et la route départementale, à vitesse réduite. Le revêtement, en mauvais état, laissait s'échapper des touffes d'herbe par endroits. Au sortir d'un long sous-bois, la maison apparut dans le ciel orangé du soleil couchant qui se reflétait dans l'eau de l'étang situé à sa gauche. C'était une bâtisse vaste et trapue, en grès rouge des Vosges, aux tuiles neuves et aux volets d'un vert foncé qui faisait écho à la végétation. Une date était gravée dans le linteau de la porte d'entrée : 1760. L'année de sa construction. Des siècles avaient vu passer ses habitants successifs, lesquels accompagneraient désormais les nouveaux venus afin d'écrire une nouvelle page d'histoire.

— Bienvenue aux Brûleux, dit Jérôme en sortant.

II.

Déjà, Oscar se précipitait à la découverte de son royaume, celui dont il rêvait depuis des mois lorsqu'il écoutait son père lui en parler. *« Regarde Scotty, c'est chez nous maintenant ! »* expliqua-t-il, rayonnant de joie, à son doudou.

La maison était une ancienne ferme comme on en voyait beaucoup dans le secteur. Le toit avait été refait lors des travaux d'aménagement. Jérôme avait privilégié des tuiles orangées qui, dès lors que le soleil s'y reflétait, régalaient les yeux d'un embrasement fabuleux. Tous les ouvrants avaient été changés également, non par du PVC, trop couramment utilisé en raison de son prix avantageux, mais par du bois traditionnel muni de triple vitrage. Le respect du style architectural lui avait paru primordial. Moderniser la maison certes, mais sans la dénaturer. En son centre, la façade comportait une immense baie dont le sommet, en demi-cercle, formait un éventail de verre. C'était l'ancienne entrée de grange que l'on appelait, dans les Vosges Saônoises mais aussi en Lorraine, un charri. Celle-ci était devenue une très grande pièce à vivre avec une cuisine ouverte sur la salle à manger-salon. Un escalier hélicoïdal de frêne massif avait été installé pour accéder à l'étage où trois chambres avaient été créées. Ici, le bois était partout, parfumant l'air ambiant et donnant à l'ensemble un aspect chaleureux.

L'arrière de la ferme comportait une terrasse, dont le sol était constitué de larges carreaux d'ardoise, et côtoyait l'étang dans lequel s'épanouissaient quelques roseaux, et vers les eaux duquel coulaient les larmes de jade mêlées d'or du vénérable saule voisin. De gros bouquets de fougères en agrémentaient les bords, allant jusqu'aux hortensias qui finissaient leur floraison le long de la maison. En cette mi-septembre, malgré les températures estivales de ces journées, les soirées étaient fraîches. Les anciens avaient coutume de dire qu'en ces contrées sauvages du Nord-Est, l'hiver démarrait au quinze août. Il n'était d'ailleurs pas rare d'y observer l'herbe recouverte de paillettes de givre au petit matin, dès le mois de septembre.

Dans un appentis jouxtant la ferme, Jérôme avait installé son bureau. Il était médecin généraliste et avait la chance de pouvoir exercer où il le souhaitait, ce qui avait compté pour beaucoup lorsqu'il avait décidé de changer de vie. La ruralité, touchée de plein fouet par la désertification médicale, avait besoin de lui au moins autant que lui d'elle pour se retrouver. Une maison de santé, comme il s'en ouvrait de plus en plus un peu partout, avait été créée à Mélisey, à quelques kilomètres des Brûleux. C'est là qu'il allait exercer dès qu'ils auraient terminé de s'installer.

Des cartons encombraient encore ce qui serait, plus tard, la chambre d'amis. Si les déménageurs avaient monté les meubles comme il le souhaitait, le rangement leur incombait pleinement. Seule rescapée des temps anciens, une horloge comtoise monumentale était restée au rez-de-chaussée.

Après un nettoyage dans les règles de l'art par un artisan local, elle était repartie pour une nouvelle vie, son balancier égrenant les secondes de façon imperturbable. C'était l'unique chose qu'il avait désiré conserver, parce qu'elle était à sa mère. Tout le reste, meubles, photos, souvenirs, avait fini au feu ou à la déchetterie. Faire table rase du passé pour se reconstruire. Jérôme avait quitté la ferme alors qu'il était étudiant à la faculté de médecine de Strasbourg. Aujourd'hui, le docteur Galmiche revenait, à quarante ans, avec femme et enfant. Sur son bureau, sa plaque professionnelle étincelait, en attente de sa pose ultérieure.

Il avait connu Julia à la fin de son internat, alors qu'elle était infirmière à l'hôpital de Montélimar. Discrète et compréhensive, elle avait su l'écouter, le rassurer lorsqu'il doutait de lui. Ensemble, ils s'étaient construit une vie simple et tranquille, loin de tout ce qui avait pu le faire souffrir et qu'il désirait oublier. Même à la naissance d'Oscar cinq ans auparavant, il n'avait pas souhaité en informer son père. À quoi bon, s'était-il dit, de toute façon le vieux ne rencontrerait jamais son petit-fils. Malgré l'incompréhension de Julia, il n'avait pas cédé aux appels à la réconciliation. Sa famille, c'était elle et Oscar, il avait balayé Antoine de sa mémoire depuis plus de quinze ans. Lors de son premier retour pour diriger les travaux, il s'était lui-même chargé de faire disparaître ce qui constituait l'image paternelle : sa veste de velours côtelé élimée, son chapeau, sa canne et ses bottes étaient allés nourrir le brasier qui brûlait dehors. Il les avait observés se consumer, pour être certain qu'il n'en resterait rien. La purification par le feu ! Jamais Les Brûleux n'avaient aussi bien porté leur nom que ce jour-là.

Pourtant, à son corps défendant, Jérôme ressemblait beaucoup à son père. Grand, bien charpenté, une crinière hirsute brune dont les tempes étaient parsemées de fils argentés, un regard sombre et perçant qui semblait vouloir explorer les tréfonds de l'âme de qui le fixait. Au premier abord, il pouvait inquiéter qui ne le connaissait pas. Si ses mains n'étaient pas calleuses comme l'étaient celles du vieux, elles n'en étaient pas moins si larges et longues que d'aucuns auraient pu les qualifier de battoirs. Comme son père, il n'avait pas le verbe facile ; c'était un taiseux comme on disait à la campagne. Ses études et sa vie citadine n'avaient jamais réussi à gommer cet aspect de sa personnalité. Pour quoi faire d'ailleurs ? Cela lui convenait parfaitement et si Julia vivait avec lui depuis tant d'années, c'était bien parce que cela ne la gênait pas, ou plutôt qu'elle s'en accommodait.

-oOo-

— Maman, maman, ils sont où mes Lego® ?
Une tornade blonde de cinq ans venait de débouler dans la chambre dans laquelle Julia s'affairait à vider les nombreux cartons qui l'encombraient.
— Je ne sais pas mon chéri. Quelque part là-dedans certainement, répondit-elle en jetant un regard désabusé sur le fatras. Je vais voir si je trouve ton nom sur l'un

d'eux.

Évidemment il fallait que celui qu'elle cherchait soit au bas de la pile, sinon cela ne serait pas drôle ! Déplaçant précautionneusement les cartons, elle prit enfin la boîte qui l'intéressait « *Jouets Oscar* ».

— Viens avec moi, on va mettre cela dans ta chambre et tu pourras t'amuser.

L'enfant la suivit, accompagné de l'incontournable Scotty. La pièce était spacieuse avec une belle luminosité. Un coffre à jouets trônait dans un coin, attendant d'être rempli par son petit propriétaire. Les murs étaient recouverts d'un papier peint aux teintes pastelles sur lequel voltigeaient des avions colorés. Le gamin avait une passion pour tout ce qui volait. Julia déposa le carton à proximité du coffre, sur la moquette épaisse.

— Voilà, tes Lego® doivent être là-dedans. Tu vas arriver à les trouver tout seul ?

— Oui, j'suis plus un bébé ! Scotty va m'aider, hein Scotty ? Et puis on va faire tout bien comme il faut. T'inquiètes pas.

Des pas résonnèrent dans l'escalier.

— Alors, vous vous en sortez dans le

rangement ? Jérôme se tenait dans l'embrasure de la porte, souriant.

— Oui, mais un coup de main ne serait pas de refus, dit Julia en s'approchant de lui. Je n'étais pas chaude pour venir vivre ici, mais comment ne pas tomber sous le charme d'un tel cadre ?

Devant eux, par la fenêtre, se déployait la ligne bleue des Vosges embrumées. Un panorama pareil, cela n'avait pas de prix. Elle l'embrassa, lui susurrant un *« je t'aime »* au creux de l'oreille.

— C'est parti pour un coup de main ! Oscar, nous te laissons à tes jouets, je vais aider maman à ranger les siens. Et surveille Scotty, qu'il ne fasse pas de bêtises surtout.

Il la rejoignit dans la chambre d'amis, empoigna les cartons de vêtements pour les emmener dans la leur. Cette dernière s'ouvrait sur une large porte-fenêtre et un balcon qui surplombait l'étang. Un lit *king size* encadré de chevets de bois clair occupait la pièce dont un pan de mur était consacré au dressing. Un panneau coulissant de verre opacifié donnait sur une belle salle d'eau aux tons minéraux et aux lignes épurées.

— Je t'emmène au restaurant ce soir, lui dit-il amoureusement. Tu l'as bien mérité après tout ce travail.

— Depuis quand faut-il mériter ce genre de chose ? Tu ne croyais pas qu'en plus de tout ça, j'allais cuisiner ? Il est où ton restaurant ? Au fond des bois, lui aussi ?

Ils partirent tous deux d'un éclat de rire. Les vêtements trouvèrent leur place dans la penderie en un rien de temps, quatre mains étant plus rapides que deux. Puis celles-ci se perdirent, les corps se rapprochèrent... Ils inaugurèrent leur salle de bains en faisant l'amour sous des gerbes d'eau chaude. Le soleil déclinait au loin, la voix d'Oscar parvenait à leurs oreilles : il chantait à tue-tête *Il en faut peu pour être heureux* ! Ils se regardèrent et ajoutèrent en chœur *« N'est-ce pas Scotty ? »*

Heureux, ils allaient l'être, ils en étaient certains.

III.

Été 1974 — Faucogney-et-la-Mer

Les cloches de l'église Saint-Georges sonnaient à la volée en ce dernier samedi de juillet. Il y avait foule sur le parvis. Une assemblée endimanchée, qui attendait la sortie des mariés dans la liesse. Quand Antoine et Jeanne apparurent enfin, une pluie de riz vint leur fouetter le visage. Ils étaient jeunes et beaux, lui en costume bleu marine, elle dans une robe blanche longue toute en simplicité. À la demande des photographes amateurs, ils se plièrent à l'exercice du baiser pausé, pour la postérité. Elle était aussi blonde et petite qu'il était brun et grand. Elle lui arrivait à peine à l'épaule. Avec sa peau diaphane, elle aurait pu rivaliser avec n'importe quelle poupée de porcelaine.

Antoine Galmiche avait rencontré Jeanne Toillon deux ans auparavant, dans un bal monté de la région. Les jeunes s'y retrouvaient toutes les fins de semaine, à mobylette, pour siffler quelques bières et surtout pour tenter de séduire les filles. *« C'est mon dernier bal, ma dernière virée… »* chanterait Renaud un peu plus tard, il n'avait rien inventé. Il fallait bien le reconnaître, cela finissait souvent en batailles rangées entre jeunes mâles de villages différents, l'alcool et la testostérone débordante faisant rarement bon ménage. Ils s'étaient plu au premier regard : elle, tout en retenue et rougissante ; lui, hâbleur et vantard pour mieux l'impressionner. Le tube des Stones, *Angie*, tournait en boucle et c'était dessus qu'ils avaient dansé leur premier slow. Timidement enlacés au début, puis collés l'un à l'autre, yeux dans les yeux, bouche contre bouche. Il l'avait raccompagnée chez elle, à La Voivre, sur son deux-roues qu'il avait trafiqué pour le rendre plus dans le vent. Six mois plus tard, ils étaient officiellement fiancés. Quand les parents de Jeanne avaient su qu'elle « fréquentait », ils avaient tenu à ce que les enfants fassent les choses dans les règles. On ne badinait pas avec la respectabilité dans la famille

Toillon. Puis, Antoine était parti au service militaire. Il n'avait rien contre, c'était pour lui un passage auquel rien ne pouvait le faire déroger. Un an en Allemagne, comme il était courant pour la jeunesse de ce coin du Nord-est. Pour lui qui n'avait jamais quitté son plateau, c'était une occasion de voyager. Adieu cheveux longs, rouflaquettes et pattes d'éph, bonjour crâne rasé et treillis. Le rire du sergent, il ne l'avait pas entendu beaucoup durant cette année-là. C'est sans aucun regret qu'il avait regagné la ferme familiale des Brûleux lorsqu'il fut enfin dégagé de ses obligations militaires. Il avait repris son métier de bûcheron avec son père et préparé ses noces avec Jeanne. Couturière, elle réalisa elle-même sa robe ainsi que celles de ses demoiselles d'honneur.

Il avait été décidé que le jeune couple s'installerait aux Brûleux. Une chambre à eux, un modeste cabinet de toilette et pour le reste, ils feraient communauté avec les parents. C'était chose courante dans beaucoup de familles. Jeanne s'en fichait, tant qu'elle était avec son homme et qu'il l'aimait. Elle avait emmené avec elle sa machine à coudre ainsi que son trousseau. C'était là tout ce qu'elle possédait, mais elle pourrait travailler à façon pour les particuliers, ou créer ses propres vêtements.

Très vite, elle se rendit compte que quelque chose n'allait pas entre ses beaux-parents. Sa belle-mère semblait n'avoir d'identité pour personne puisque son fils la nommait « la mère », et son mari « la femme ». Mais celle-ci paraissait trouver cela naturel et ne s'en offusquait pas. Antoine, lorsqu'elle lui en avait parlé, lui avait répondu « Mais comment veux-tu que je l'appelle ? »

— Maman, tout simplement !
— Heu, c'est pareil non ?

Elle avait juste réussi à lui faire promettre de ne jamais parler d'elle en l'appelant « la femme ». Il y avait consenti péniblement ne comprenant pas pourquoi cela lui posait un problème. « *C'est bien tout des histoires de bonne femme* », avait-il ajouté pour clore la discussion. Ils n'en avaient plus jamais reparlé.

-oOo-

Six mois plus tard.

Antoine et son père étaient rarement à la maison, partant le matin à l'aurore sur les chantiers d'abattage, ils rentraient souvent à la nuit tombée épuisés et affamés. Jeanne passait donc ses journées avec sa belle-mère, qui ne voyait pas d'un très bon œil ses travaux de couture.

— Quand est-ce que tu vas vraiment travailler ? Tes chiffons, c'est bien joli, mais il faudrait quand même bien faire quelque chose d'utile non ? Heureusement que je suis là pour faire le ménage et le manger…

— J'ai voulu cuisiner, ce n'est pas de ma faute si vous n'avez pas aimé ce que j'avais préparé.

— On n'est pas chez Bocuse ! Pis les hommes, il leur faut quelque chose qui tient au corps. Mais peut-être que les patates, ce n'est pas assez raffiné pour toi. Pommes de terre grillées au lard, en robe des champs avec du fromage, en purée, en soupe, Jeanne n'en pouvait plus. Non qu'elle ne les aimait pas, mais à tous les repas c'était trop. Il y avait bien toujours quelques légumes en accompagnement, mais pas assez à son goût. Et surtout, elle avait la désagréable impression que, quoi qu'elle fasse, ce n'était jamais assez bien pour ses beaux-parents.

La goutte d'eau qui avait fait déborder le vase, c'était les questions intrusives dont sa belle-mère était spécialiste, afin de savoir si un petit était en route. Régulièrement, les interrogations n'en finissaient pas.

— Alors comme ça, tu as encore saigné ! Mais qu'est-ce que tu fiches donc ? Moi, j'étais enceinte trois mois après mes noces. Et j'y ai donné un gars à mon homme.

— Ça viendra bien quand ce sera le moment, répondait-elle, se gardant bien de préciser qu'à l'époque de la jeunesse de ses beaux-parents, il n'y avait pas la pilule.

Elle n'imaginait pas mettre au monde un enfant dans les conditions dans lesquelles vivait actuellement le couple. Elle voulait travailler, gagner de l'argent pour qu'ils puissent avoir un « chez eux », même modeste. Ne plus être sous le joug de l'inquisition permanente et les jugements incessants. Antoine n'en percevait pas la nécessité, mais il l'aimait. Elle arriverait bien à le convaincre. Elle avait entendu dire qu'une couturière qui avait une boutique à Lure cherchait une employée. Ce serait l'idéal pour elle, car ce n'était pas très loin et cela correspondait tout à fait à ses compétences. Elle comptait emprunter la Renault 4L de sa mère pour s'y rendre prochainement. Il lui fallait juste saisir sa chance.

IV.

Ils étaient enfin sortis des cartons de l'installation. Après huit jours d'un travail acharné, chaque chose avait trouvé sa place et le couple pouvait souffler. Jérôme avait également pris possession de son cabinet de consultation à l'espace médical, il démarrerait au 1ᵉʳ octobre. Il lui restait quelque temps pour faire découvrir les environs à Julia et Oscar.

Ils avaient commencé par un tour de la propriété, constituée de prairies et de bois, attenant à la maison et s'étalant sur plus de cinq hectares. Les feuilles mortes, roussies, jonchaient un tapis de bruyères en fleurs. Cette année à la pluviométrie plus qu'importante avait des avantages. Ils avaient cueilli, lors de leurs promenades, de grands paniers de champignons dont ils s'étaient régalés, une fois cuisinés.

Ce samedi, il avait prévu d'aller à Saint-Martin. L'endroit distant d'une quinzaine de kilomètres n'était pas une commune, pas même un lieu-dit. C'était une petite église rattachée à Faucogney-et-la-Mer, perchée sur un éperon rocheux, qui dominait le hameau d'Annegray. Elle avait la particularité d'être entourée d'un cimetière commun à quatre villages du plateau et dans lequel chaque famille avait des sépultures. C'est là que Jeanne, sa mère, reposait aux côtés de ses parents. Jérôme n'était jamais retourné s'y recueillir depuis les obsèques de celle-ci, plus de vingt ans auparavant. Un site funéraire comme sortie familiale, certains trouveraient qu'il pourrait y avoir mieux, mais ce serait parce qu'ils ne connaîtraient pas Saint-Martin.

Oscar boudait dans son siège enfant à l'arrière du véhicule. Il aurait préféré aller pêcher avec son père. Julia était elle aussi sceptique sur l'aspect récréatif de cette sortie, même si elle comprenait le besoin de Jérôme d'aller sur la tombe de sa mère. Mais il aurait pu s'y rendre seul... Arrivés à Faucogney, ils empruntèrent une route sur la gauche, en direction de La Mer. Jérôme leur fit remarquer qu'ils avaient une chance extraordinaire de vivre ici, puisqu'en une journée, ils pouvaient désormais visiter La Mer et La Montagne, nom d'une autre commune du plateau, dans la direction opposée. Cette départementale était étroite, sinueuse et grimpait sec.

Une fois passées les dernières maisons, ils entrèrent en une terre boisée d'épicéas et aux talus recouverts de bruyères et de fougères. Certains arbres avaient été coupés et les grumes attendaient d'être enlevées, d'autres étaient morts sur pied, roussis comme si le feu les avait brûlés.

« C'est le scolyte qui fait ces dégâts » indiqua Jérôme. *« Un insecte xylophage qui pullule à cause du manque d'eau. Il s'infiltre sous l'écorce des épicéas déshydratés et se nourrit de leur sève. Lorsque les signes de l'attaque deviennent visibles, l'arbre est déjà fichu »*, compléta-t-il. Julia avait l'explication à tous ces squelettes roux qui l'avaient autant impressionnée à leur arrivée.

Le véhicule bifurqua sur la droite, à mi-pente, puis s'engagea dans une voie au macadam bien malade. S'il n'y avait eu le panneau « Église Saint-Martin » à l'embranchement, elle aurait cru emprunter un chemin forestier. *« Attention ! Préparez-vous à en prendre plein les yeux ! »* prévint Jérôme.

Un étang devint visible sur la gauche, puis un autre sur la droite, les arbres s'y reflétaient, éclairés par un beau soleil. La route, ou plutôt le sentier passait étroitement entre les deux.

— Tu es sûr qu'il y a une église par ici ? osa Julia.

— Un peu que je suis sûr. Nous y sommes presque.

Ils arrivèrent sur une place bordée d'une haute haie de thuyas. Jérôme gara le véhicule. En sortant, Julia remarqua, sur sa gauche, un magnifique calvaire. Outre le traditionnel Christ en croix et la Vierge Marie, deux autres personnages — un homme et une femme agenouillée, en larmes — étaient également représentés, peints en bleu et blanc. *« Il s'agit de Saint-Jean et Marie-Madeleine »,* anticipa Jérôme, sentant arriver la question. Empoignant Julia et Oscar chacun par une main, il les dirigea vers le portail de fer qui leur faisait face. « *Le plus beau commence ici* », annonça-t-il.

Le lourd ventail pivota sous la poussée avec un grincement. Une église modeste de style roman était érigée au milieu de tombes pour certaines contemporaines, pour d'autres d'une époque plus que lointaine. Julia remarqua, posée sur le faîte de l'édifice, une buse au repos. Après les avoir intensément regardés, l'oiseau décolla puis tournoya dans le ciel d'azur avant de disparaître[1].

Julia s'émerveilla devant des sépultures bicentenaires. Malgré la mousse et d'autres outrages du temps, elles donnaient des informations précieuses sur leurs habitants. Souvent, c'était une profession, d'autres fois il s'agissait de qualités attribuées au défunt. Certaines affichaient un panonceau indiquant une prochaine destruction, afin de récupérer

---

[1] Référence à la novella « Les Noces de la Saint-Jean », publiée chez Harlequin HQN.

l'espace libéré. Devant un carré modestement entouré de grilles rouillées, Jérôme expliqua qu'en cette parcelle reposaient les restes du frère du révolutionnaire Maximilien Robespierre. Par quel hasard ce personnage, natif d'Artois, s'était-il retrouvé sur ce plateau ? Le mystère était entier. *« Nous sommes ici dans l'un des plus vieux cimetières de France. Son patrimoine funéraire est exceptionnel »* poursuivit-il. L'église quant à elle était, hélas, fermée. Dans ce lieu retiré, la crainte de dégradations était trop vive pour la laisser en libre accès aux visiteurs. Elle n'était désormais plus ouverte que lors des Journées du Patrimoine ou d'autres événements culturels

Le trio s'approcha du mur d'enceinte, au sud du cimetière. La vallée du Breuchin s'étalait sous leurs pieds, quelque six cents mètres plus bas. Le hameau d'Annegray et ses vestiges du monastère de Saint-Colomban, La Voivre, Faucogney-et-la-Mer. Ensuite seulement, ils se dirigèrent vers la sépulture familiale, objet premier de leur visite. Le caveau des Toillon était situé dans la partie récente du cimetière, en contre-bas. Les noms de ses occupants étaient gravés dans le marbre du monument, mais outre les parents Toillon, figurait uniquement la mention *« Jeanne Galmiche née Toillon, 1952 - 2000 »*, il n'y avait aucune trace d'Antoine.

— Tu n'as pas enterré ton père ici ?

— Avec ma mère ? Certainement pas ! Il lui en a fait voir assez durant sa vie, elle ne méritait pas qu'il continue dans l'au-delà.

— Mais enfin… Où est-il ?

— Ses cendres ont été dispersées dans le jardin du crématorium.

— Qu'a-t-il fait de si terrible pour que tu veuilles à ce point effacer son souvenir ? Je ne comprends pas.

— C'est une longue histoire et je n'ai pas vraiment envie d'en parler.

Ainsi Jérôme avait-il clos la discussion. Son visage crispé révélait une veine bleutée qui battait à sa tempe ; son regard s'était assombri. *« Allez, il est temps de partir d'ici »*, dit-il d'un ton qui ne souffrait aucune contestation.

Ils étaient rentrés sans plus échanger un mot, Jérôme conduisant nerveusement tout en tentant de maîtriser la rage qui l'envahissait, comme chaque fois que quelqu'un évoquait son père. Pourquoi n'était-il pas venu seul ?

V.

Jérôme était resté d'une humeur sombre tout le week-end, rien ne parvenant à le dérider, pas même les pitreries d'Oscar. Julia savait que lorsqu'il était dans cet état, mieux valait ne pas en faire cas. Elle consacra donc son temps libre à préparer son retour à une vie professionnelle épanouissante. Elle avait revu son curriculum vitae de fond en comble. Il était de notoriété publique qu'un manque flagrant de personnel frappait les établissements de soin, cela ne devrait pas être trop compliqué de trouver un poste d'infirmière. Son mari souhaitait qu'elle rejoigne le cabinet libéral installé au sein de la maison médicale, mais elle n'était pas convaincue que cela soit une bonne idée. La pratique en équipe lui convenait mieux, même si les conditions de travail se durcissaient au fil des années et des restrictions budgétaires. Elle avait donc posé sa candidature au groupe hospitalier de la Haute-Saône ainsi qu'à celui du Nord

Franche-Comté.

L'inscription d'Oscar à l'école maternelle avait été faite. Dès le lundi, il avait intégré la classe de grande section de Faucogney où Jérôme l'avait emmené en se rendant au cabinet. Lorsqu'elle reprendrait une activité, il pourrait être accueilli également au périscolaire.

Alors qu'elle rangeait du linge propre, Julia tomba sur une boite cartonnée dissimulée au fond de l'étagère supérieure du dressing de la chambre. Elle ne l'avait jamais aperçue auparavant. Intriguée, elle la tira, la déposa sur le lit et en inspecta le contenu. De vieux instantanés délavés montraient une jeune femme blonde qui souriait à l'objectif. D'autres clichés la représentaient, plus âgée, avec un bambin dans les bras. Celui-ci ressemblait comme deux gouttes d'eau à Oscar : mêmes boucles brunes, même regard profond. C'était la première fois qu'elle voyait Jérôme enfant et cela l'émut. Au fond de la boîte, elle trouva d'épais cahiers aux couvertures défraîchies, maintenus ensemble par un ruban. Leurs pages étaient noircies d'une écriture fine et élégante, agrémentées de croquis par endroits. Il s'agissait du journal de Jeanne, sa belle-mère. L'ensemble comptait un cahier par année. Elle avait mis la main sur un trésor qui allait l'aider à mieux comprendre les tourments de Jérôme.

S'installant confortablement, elle ouvrit le premier volume et s'immergea dans la lecture.

VI.

15 Mars 1976 – Les Brûleux

Cela fait trois mois que je travaille ! Brigitte, la couturière de Lure, m'a embauchée après une courte période d'essai. Durant les premières semaines, je m'y rendais à mobylette, puis j'ai pu m'offrir, avec l'aide de mes parents, une 2 CV d'occasion. Qu'est-ce que ça fait du bien de ne plus passer mes journées avec la belle-doche ! Pour le coup, nos rapports se sont un peu pacifiés. De toute façon, Antoine et moi allons bientôt pouvoir obtenir notre « chez nous », je recherche résolument un appartement. Avant notre premier anniversaire de mariage, ce serait l'idéal.

Mon homme est beaucoup plus attentionné depuis que je suis salariée. Aurait-il peur que ma toute récente indépendance m'éloigne de lui ? En tout cas, c'est une très bonne chose. Hier, il m'a offert un gros bouquet de fleurs. Jamais il ne l'avait *fait depuis nos fiançailles, surtout sans avoir un bon motif. Sa mère n'a pu s'empêcher de lui faire remarquer qu'il jetait son argent par les fenêtres. C'est plus fort qu'elle, il faut toujours qu'elle râle. Par jalousie, sinon quoi d'autre, car ce n'est pas son mari qui la comble de cadeaux en tout cas.*

Lorsque j'ai évoqué notre futur appartement, elle a lâché à son fils qu'il devait en avoir marre d'être trop bien aux Brûleux. « Trop bien », je vous jure ! Elle ne manque pas d'air.

-oOo-

30 mars 1976 – Les Brûleux

Avec Antoine, nous sommes allés visiter un appartement à Faucogney hier soir. Une cuisine, un salon-salle à manger et deux chambres. C'est propre et fonctionnel pour un loyer assez raisonnable. Il sera disponible le mois prochain, nous a indiqué le propriétaire. Ce qui gêne Antoine, c'est d'être en appartement plutôt qu'en maison individuelle. Je lui ai tout de même fait remarquer que chez ses parents, nous étions en chambre ! Il raisonne toujours comme s'il était chez lui. À vingt-cinq ans, il ne réalise pas que — bien que marié — il vit toujours chez ses parents et par ricochet, moi aussi.

Avec nos deux salaires et l'allocation logement, nous pourrons aisément nous en tirer. Nos économies feront l'affaire pour acheter meubles et électro-ménager. De toute façon, je ne passerai pas une année de plus dans cette baraque. C'est hors de question.

Sa mère tire la gueule. Normal, car si son fils part, il ne lui versera plus de pension chaque mois. Adieu la vache à lait !

-oOo-

10 avril 1976 – Les Brûleux

Hier soir, Antoine et moi sommes allés au restaurant pour fêter un double événement. Primo, c'était l'anniversaire de notre rencontre et secundo, nous venions de signer le bail de location de l'appartement. Nous n'avons pas encore les clés, le propriétaire s'est engagé à effectuer quelques travaux de propreté avant. Autant dire que je trépigne d'impatience.

VII.

Durant plusieurs jours, Julia se plongea dans la vie décrite par sa belle-mère, sans en dire un mot à Jérôme. Elle prenait soin de replacer les carnets dans leur cachette chaque soir, car elle sentait bien que son mari ne supporterait pas qu'elle s'immisce ainsi dans ce qu'il prenait tant de soin à lui cacher.

Au-delà des difficultés du jeune couple, qui étaient communes à celles de nombreux autres, Jeanne découvrit qu'elles n'étaient pas simplement du fait de devoir cohabiter avec les beaux-parents, comme Jeanne le pensait au départ. Au contraire, la promiscuité avait rendu invisible le véritable caractère d'Antoine.

Alors que la vie des amoureux aurait dû être radieuse après qu'ils eurent emménagé dans leur « chez eux », le jeune homme s'était montré irascible, jaloux et macho. Il supportait difficilement que sa femme travaille à l'extérieur, soit indépendante financièrement. Il surveillait au plus près le kilométrage de la voiture, au cas où Jeanne fasse des déplacements différents de ceux qu'elle lui annonçait. Il abhorrait qu'elle discute avec les voisins, comme s'il y voyait un risque qu'elle dévoile quelque secret qui n'existait que dans son cerveau ou pire, dise du mal de lui. Mais comme Jeanne était tout sauf une femme soumise, forcément cela faisait des étincelles. Certains soirs, tout volait dans l'appartement : vaisselle, bibelots… Rien ne résistait à la fureur d'Antoine. Si cela se terminait, en général, par une réconciliation sur l'oreiller, cela avait tendance à devenir de plus en plus courant et Jeanne en souffrait. Le summum avait été atteint lorsqu'il s'était rendu compte que son épouse prenait une contraception sans lui en avoir parlé. *C'est un comble*, avait dit Jeanne. *Tu n'aurais pas voulu que je te demande la permission non plus ? Nous sommes en 1975, pas au Moyen-Âge tout de même ! C'est de mon corps qu'il s'agit, pas du tien.*

De quoi avait peur Antoine ? Que sa virilité soit diminuée par la paternité qui ne venait pas, ou par la liberté de son épouse rendue possible par le fait qu'elle n'avait pas encore d'enfant ? Bien sûr, il devait faire face aux soupçons constants de ses beaux-parents qui n'hésitaient jamais à évoquer une hypothétique stérilité de l'une ou de l'autre. À vrai dire, c'était surtout celle de l'une qui revenait sur le tapis. Cela ne pouvait venir que d'elle, forcément. A-t-on jamais vu des défauts provenir d'autre chose que d'une pièce rapportée ? Une femme devait avoir des enfants, ils n'en démordaient pas.

Julia prit conscience de la chance qu'elle avait de vivre à une époque où les mentalités avaient évoluées, même si pour beaucoup le refus total de maternité de certaines femmes restait incompris.

Très vite, Jeanne avait pris de plus en plus de responsabilités à l'atelier de couture, sa patronne n'hésitant pas à la laisser prendre des décisions sur les modèles proposés ou encore la gestion des comptes. Quelques années après, au moment de prendre sa retraite, elle lui avait proposé naturellement de lui céder son affaire.

Patronne ? Tu te vois patronne ? Non, mais ma pauvre fille, réveille-toi. Jamais tu ne seras capable d'y arriver, avait hurlé Antoine. Il avait mis en cause les compétences de sa femme, comme s'il avait eu une quelconque qualification pour juger ses talents de couturière ou de gestionnaire. Après tout, c'était elle qui tenait les cordons de la bourse du couple et elle s'en sortait fort bien. Mais surtout, elle avait des ambitions de création. Elle voulait proposer à ses clientes des modèles qu'elle aurait elle-même dessinés. Si ses parents n'avaient pas été là pour lui apporter les finances nécessaires à la reprise du commerce, au grand dam d'Antoine, elle aurait dû tirer un trait sur ses ambitions. C'est ainsi que l'enseigne luronne arbora, quelques mois plus tard, un lettrage coloré indiquant « *L'Atelier de Jeannette, couture et créations* ». C'était alors la fin de l'année 1979 et Jeanne, qui venait de fêter ses vingt-sept ans, était désormais chef d'entreprise.

Quelle volonté, quelle détermination ! Julia était admirative de cette jeune femme qu'elle découvrait au travers des pages noircies par son écriture. En revanche, elle commençait à comprendre pourquoi Jérôme avait une aussi piètre opinion de son père. Elle ne le cernait pas encore vraiment, mais ce qu'elle pressentait n'augurait rien de bon. *Un sombre connard*, pensait-elle, tout en s'en voulant de juger ainsi quelqu'un qu'elle n'avait jamais connu. Après tout, elle n'en savait pas encore suffisamment pour se faire une opinion réelle. Elle se refusait au jugement hâtif, même s'il lui était difficile de se contenir en lisant certaines choses.

L'atelier de Jeanne était situé rue de la République, la rue principale de cette ville, sous-préfecture de la Haute-Saône. L'entrée était située sous le porche imposant d'une bâtisse remarquable, non loin du siège du plus vieux journal du département, *Les Petites Affiches de la Haute-Saône*. Outre l'accueil dans lequel Jeanne faisait également un peu de repassage et de petites retouches, les locaux comptaient une vaste pièce dans laquelle trônait sa machine à coudre, une Singer électrique dernier cri, une table sur laquelle elle découpait les pièces de tissus, des casiers où étaient rangés les patrons, une table à dessin et un mannequin qu'elle utilisait pour l'assemblage. Au fond, une porte donnait sur un petit salon d'essayage très cosy. Jeanne ne doutait pas que, dès lors que ses affaires marcheraient bien, Antoine serait bien obligé d'admettre qu'il s'était trompé à son sujet et lui reconnaîtrait du talent. Alors, pensait-elle, il serait temps de songer à l'enfant qu'il s'impatientait d'avoir. Jamais elle ne se serait doutée que cela arriverait plus vite qu'elle l'avait prévu.

En février 1980, Jeanne était malade. Elle vomissait régulièrement, perdait du poids, s'endormait dès qu'elle s'asseyait. À mille lieues de songer à une grossesse, elle alla consulter son médecin de famille, pensant à une intoxication alimentaire. *Mais docteur, je ne peux pas être enceinte, je prends la pilule,* s'était-elle alors exclamée. Elle connaissait le vieux toubib depuis qu'elle était gamine. Il avait souri à son propos, en lui expliquant que si elle était fiable, elle ne garantissait pas une infertilité à cent pour cent. Les chances étaient faibles, mais loin d'être nulles. Jeanne était catastrophée, elle était enceinte de deux mois. Elle venait de reprendre la boutique, ce n'était pas du tout le bon moment pour avoir une grossesse sereine.

L'annonce à Antoine avait été difficile, mais il était concerné au premier chef. Dire qu'il était heureux serait un euphémisme. Il allait avoir un petit gars et n'avait de cesse de l'annoncer à ses parents. Elle réussit tout de même à lui faire garder le secret jusqu'au troisième mois, afin de n'avoir aucune explication à donner en cas de fausse couche. Le médecin lui avait bien dit que dans ce délai, rien ne pouvait la prévenir. Secrètement, elle pensait que cela serait une bénédiction, mais elle n'aurait voulu le reconnaître pour rien au monde, se reprochant même d'être déjà une mauvaise mère en ayant de telles pensées.

Elle dut lutter aussi pour continuer de travailler, Antoine lui disant qu'elle devait se reposer au maximum. *Je suis enceinte, pas malade,* s'était-elle alors écriée. *Si toutes les femmes enceintes devaient être couchées, il n'en resterait plus beaucoup pour travailler !* À la fin du mois de mars, ils avaient invité parents et beaux-parents, afin d'annoncer la nouvelle. Évidemment, les futurs grands-parents avaient sauté de joie en imaginant un petit Galmiche à venir. Il serait fort comme son père avait assuré la belle-mère. *Et beau comme sa mère*, avait ajouté la maman de Jeanne. *Et si j'ai une fille*, avait alors osé Jeanne ? *Coche-te*[2], avait alors coupé Mme Galmiche, *ne parle pas d'malheur ! Ce sera un gars, je le sais.*

Julia frémit en y repensant, se souvenant que dès qu'elle avait annoncé à Jérôme qu'elle attendait un enfant, il lui avait fait à peu près le même type de réponse. C'était fou cette sacralisation de l'enfant mâle qui persistait encore au vingt et unième siècle. Fou, mais néanmoins culturel dans un pays aux racines latines, force était de l'admettre.

---

2 Coche-te : patois haut-saônois, signifie « tais-toi »

VIII.

Julia s'était laissée surprendre par ses pensées. En entendant le moteur de la voiture, elle eut juste le temps de ranger les carnets à leur place et Jérôme claquait déjà la porte en disant *« Bonsoir chérie, on mange quoi ce soir ? »*. Le dîner... Elle n'y avait même pas songé ! Heureusement qu'elle avait des plats cuisinés au congélateur. Oscar déboula dans la chambre et se jeta dans ses bras tout en lui claquant un bisou humide sur la joue.

— Bonsoir, mon chéri, tu as passé une bonne journée à l'école ?

— Oh oui, maman. On a fait des dessins et on a appris à reconnaître les traces que laissent les animaux dans la forêt. C'était super chouette !

C'était fou la rapidité à laquelle l'enfant s'était adapté à sa nouvelle vie. Il avait déjà des tas d'amis qu'il faudrait bien inviter un de ces jours. Elle était ravie que le grand air lui réussisse aussi bien, en un mois il avait pris trois ou quatre centimètres.

— Tu n'avais pas levé le courrier ? J'ai trouvé ceci dans la boîte aux lettres. On ne dirait pas que tu attends un job ! Je ne sais pas ce qu'il t'arrive, mais tu as la tête ailleurs ces temps-ci ma chérie.

Jérôme lui tendit une enveloppe à en-tête de l'hôpital Nord–Franche-Comté. Elle l'ouvrit fébrilement. *En réponse à votre candidature spontanée… Nous serons heureux de vous accueillir au sein de notre équipe soignante aux consultations de cardiologie…* Enfin une bonne nouvelle ! Julia aurait préféré les soins intensifs, mais aux consultations elle aurait des horaires beaucoup plus réguliers et compatibles avec une vie de famille. Elle devrait commencer le lundi suivant. Il lui restait trois jours pour s'y préparer.

— Je crois que nous avons quelque chose à fêter. Je vais mettre une bonne bouteille au frais. Mais tu ne m'as pas répondu. Que mange-t-on de bon ce soir ?

— Heu… Je n'ai pas vu passer le temps et j'ai oublié de préparer le dîner. Je vais aller sortir un plat congelé, il me semble qu'il reste de la ratatouille que j'avais fait l'autre jour. Avec du riz ce sera parfait.

— Mais qu'as-tu donc fait ? Si j'étais soupçonneux, je dirais que tu as vu un amant, plaisanta Jérôme. Peu importe, il est tard donc cela ira bien. Et une bouteille de rosé pour accompagner la ratatouille !

Il était déjà parti en direction du cellier, tandis que Julia sortait le plat cuisiné du congélateur pour le déposer dans le micro-ondes. Le repas fut joyeux et Jérôme ne posa plus de question à propos de ce qui avait pu tellement occuper Julia qu'elle en avait oublié les tâches les plus élémen-taires.

Cette dernière se rendit à Trévenans dès le lendemain, afin de signer son contrat et transmettre les originaux de ses diplômes au service des ressources humaines – ou plutôt inhumaines, au vu de la pénurie de soignants enregistrée par l'établissement et les conditions de travail dénoncées par les syndicats. Elle profita de l'occasion pour découvrir son futur lieu de travail et rencontrer ses nouvelles collègues. Cette belle journée de soleil automnal offrait, depuis le parking, une vue splendide sur la chaîne des Vosges qui se déployait au loin. Un peu de tourisme lui ferait du bien. Julia décida de faire un crochet par Belfort, afin d'aller admirer le Lion de Bartholdi et la vieille ville. Un café en terrasse serait le bienvenu.

Après s'être garée sur le parking jouxtant le théâtre municipal, elle emprunta la passerelle piétonnière qui enjambait la Savoureuse. Avec l'année pluvieuse qu'il y avait eu, ses eaux étaient abondantes. Elle déboucha au square du souvenir dans lequel les monuments aux morts des différents conflits, à commencer par le siège de 1870, durant lequel les Belfortains n'avaient jamais cédé à la puissance prussienne — et une fontaine imposante. Puis, remontant la promenade François Mitterrand, qui longeait la rivière sur toute la traversée de la ville, rejoignit l'angle du pont Corbis, emprunta le boulevard Sadi Carnot pour gagner la vieille ville. Les immeubles haussmanniens qui la bordaient étaient témoins du passé riche de cette ville aux dimensions somme toute modestes. L'avenue se terminait sur la place de la République qui offrait un parking ombragé de nombreux tilleuls parés de leurs couleurs d'automne. En son centre, on pouvait admirer le monument des trois sièges, réalisé par Bartholdi en hommage au défenseur de la cité, Denfert-Rochereau. Sur la droite trônait la préfecture du plus petit département de France. La cour en était fermée par un monumental portail de fer forgé au-dessus duquel flottait le drapeau français, encadré de deux tours carrées. L'édifice était constitué de pierres de taille blanches — comme quasi tous les bâtiments de la place — issues des carrières de Cravanche et Bavilliers. Décidée en 1899, la construction du bâtiment s'était faite entre 1901 et 1903. La toiture d'ardoise en était mansardée. À gauche, au fond de la place, la coupole de la salle des fêtes surplombait la frondaison.

Empruntant une courte rue étroite, Julia arriva sur une vaste esplanade dont le sol était recouvert de grosses dalles d'un rouge foncé alternées avec des rangées beiges. Contrairement à sa proche voisine, cette place piétonnière était dominée par le rouge. Il était partout : dans les pierres de la cathédrale Saint-Christophe qui lui faisait face, dans celles de l'hôtel de ville à sa droite.

Devant la mairie, un kiosque à musique était un survivant de l'époque où la ville comptait de nombreuses garnisons. Les fanfares régimentaires avaient coutume d'y donner des concerts au début du XXe siècle. Face à lui, au nord, une statue représentant une Alsacienne, armes à la main, terrassant l'ennemi. Le « Quand Même[3] » – nom de l'œuvre, célébrait le fait que grâce à la pugnacité de ses troupes, ce qui est devenu aujourd'hui le Territoire de Belfort et qui faisait alors partie du Haut-Rhin soit resté français au moment de l'annexion de l'Alsace-Lorraine par la Prusse.

Le joyau de cette place très minérale, malgré les bacs de fleurs ornementales

---

3 Nom de l'œuvre, en référence directe avec la devise des patriotes en 1880 : « Car, malgré tout, il faut quand même résister… »

disposés et les jeunes arbres plantés un peu partout, était l'impressionnante cathédrale. Loin des lignes aériennes et gothiques de Notre-Dame-de-Paris ou autre cathédrale de Reims, celle-ci était trapue. Sa façade était composée de deux tours carrées ; son porche, orné de colonnades sur deux niveaux, était surplombé par un fronton rappelant ceux de temples romains, en forme de triangle. Construite au XVIIIe siècle, l'église avait été longtemps une abbatiale, puis avait été élevée au rang de cathédrale en 1979.

Si Julia était catholique par tradition, elle n'était pas croyante. Cependant, dès son plus jeune âge, les vieilles pierres et l'architecture religieuse l'avaient toujours séduite. Le poids des siècles, le travail colossal effectué par les artisans de l'époque, l'atmosphère qui régnait en ces lieux, tout cela la fascinait. Elle ne sut donc résister au désir impérieux de pousser le lourd battant de l'entrée de Saint-Christophe. Une odeur d'encens mêlée à celle des cierges qui se consumaient effleura ses narines.

La grande nef aboutissait à un autel,

puis derrière des grilles richement décorées de fer forgé partiellement doré à la feuille, on apercevait l'orgue de chœur surplombé par un vitrail aux couleurs profondes représentant le Christ crucifié. Sur sa gauche, une chaire de bois sculpté offrait, elle aussi, quelques dorures. Mais c'est en se retournant qu'elle eut le souffle coupé en découvrant les grandes orgues. Enchâssés dans des boiseries sombres ornées de sculptures dorées — personnages et motifs végétaux —, les tuyaux d'étain formaient un éventail impérial et fier. Julia songea qu'il lui faudrait se renseigner afin de connaître les dates de concerts éventuels. Cela devait être quelque chose d'exceptionnel.

Devant elle, dans les premiers rangs, deux bonnes sœurs étaient recueillies, en prière. Aucun touriste, à part Julia. La saison ne s'y prêtait plus. Retenant son pas afin de ne pas les déranger, elle rejoignit la porte en toute discrétion.

La chaleur la saisit à la sortie, lui rappelant qu'une terrasse bien agréable l'attendait là, droit devant elle. Le café était oublié. Elle s'installa et commanda un Monaco qu'elle sirota tranquillement, tout en fumant une cigarette. Jérôme n'aimait pas qu'elle fume en sa présence. Un chat tigré aux yeux d'émeraude déambulait nonchalamment parmi les tables, ne semblant pas gêné par la présence humaine, allant même jusqu'à quérir des caresses auprès de certaines personnes. Des habitués sans doute. Avec tout cela, elle n'avait toujours pas vu le Lion, pour lequel elle était venue… Renseignement pris auprès de la serveuse, elle apprit qu'il n'était pas loin. *« Prenez la rue à droite de la mairie, puis suivez tout droit jusqu'à la place de l'Arsenal, sur votre gauche, lui avait-elle dit. Il est à flanc de rocher, juste sous la citadelle, vous ne pourrez pas le rater ».*

Effectivement, il était inratable ! Juste sous l'ancienne forteresse militaire surplombée d'un drapeau, le fauve déployait sa majestueuse félinité de grès rouge, gueule ouverte et crocs saillants, prêt à protéger la ville au cas où de nouveaux assaillants seraient tentés de mettre la main dessus. L'heure était trop avancée pour en faire la visite de plus près, aussi Julia se promit de revenir. Oscar serait ravi de découvrir cela. D'un pas leste, elle rejoignit les quais de la Savoureuse et regagna son véhicule.

Sa balade avait duré deux heures, il était temps de regagner Les Brûleux

IX.

Julia s'était vite adaptée à sa nouvelle vie professionnelle. Elle s'était sentie revivre en enfilant sa tenue de soignante et ses crocs. Elle n'était plus seulement une épouse et une mère, elle retrouvait sa vie de femme indépendante à laquelle elle tenait. Et quel plus beau métier que de soigner les autres ? Ses collègues étaient sympathiques, qu'ils soient infirmiers ou médecins. À la maison, le rythme ne s'en trouvait pas bouleversé puisque les horaires des consultations étaient réguliers. Oscar ne rentrait pas à midi, il était inscrit au périscolaire et profitait de la cantine. Elle le récupérait le soir à dix-huit heures, lorsqu'elle rentrait. Tout allait pour le mieux, mais elle restait préoccupée par ce qu'elle découvrait dans le journal de sa défunte belle-mère.

Après les réjouissances de l'annonce de la grossesse de Jeanne, les choses avaient rapidement pris une autre tournure. Antoine était devenu de plus en plus soupçonneux, son caractère s'était révélé égoïste. Le moindre retard était l'occasion de reproches sans fin. *« Tu passes tout ton temps dehors et le travail à la maison n'est pas fait ! »* disait-il alors. Il n'imaginait même pas qu'il lui était possible de préparer le dîner, faire la vaisselle en souffrance ou étendre le linge. Il n'allait pas s'abaisser à faire des tâches réservées aux femmes ! À sa décharge, il avait été élevé dans cet esprit. Aux Brûleux, les hommes rentraient pour se mettre les pieds sous la table et sa mère ne s'asseyait que lorsqu'ils étaient servis et satisfaits sans que cela semble la déranger. Les seules tâches qu'Antoine et son père faisaient, c'était fendre le bois, faucher l'herbe à la belle saison. Le potager ainsi que les soins aux animaux, qu'ils soient volatiles ou lapins, faisaient également partie des attributions de sa mère.

Jeanne peinait à mener de front sa grossesse et la gestion de son atelier. Elle rentrait épuisée à la maison et n'aspirait qu'à aller se coucher, au grand dam de son mari. Elle était dans le second trimestre et même si son ventre ne révélait pas encore ses promesses, elle sentait que la vie qui grandissait au fond de lui pompait toute son énergie. Il n'y avait rien d'anormal, mais elle devait se ménager si elle voulait tenir sur la durée. Son médecin lui avait prescrit quelque fortifiant et conseillé de profiter du plus petit moment de répit pour se reposer. Mais dès qu'elle le faisait, elle avait droit à des réflexions. *« Tu flemmardes ! Tu n'as donc rien à faire, plutôt que d'être vautrée dans le canapé ? »* Au début cela l'amusait, mais c'était devenu très rapidement pesant. Pourtant Antoine était avec elle lors de sa dernière consultation. Il avait acquiescé lorsque le médecin avait conseillé à Jeanne de se reposer. Mais dans sa tête, se reposer c'était arrêter de travailler à l'extérieur, en aucun cas en faire moins à la maison. *Ma mère n'est jamais restée sans rien faire, même enceinte et elle n'en est pas morte !* affirmait-il. Que répondre à cela ? Jeanne avait rapidement renoncé à le faire, la dernière fois lui avait valu une gifle. *Tu ne me réponds pas, ce n'est pas correct ! C'est moi le chef de cette putain de famille*. Elle avait été tellement sidérée de cela qu'elle en était restée sans voix. Le lendemain, il était rentré avec un énorme bouquet de fleurs et s'était confondu en excuses, jurant qu'il ne recommencerait jamais, la larme à l'œil. Elle avait fondu devant autant d'attentions.

Aux premiers jours de mai, alors que son corps s'était bien arrondi, elle avait ressenti de violentes douleurs dans le bas ventre. Antoine l'avait emmenée aux urgences de l'hôpital de Lure. Ils apprirent que quelque chose n'allait pas et que le travail avait commencé. Quelques heures plus tard, elle donnait naissance à un enfant sans vie, c'était une petite fille de quelques centaines de grammes aux cheveux d'ange. Jeanne était effondrée. Et si elle en avait trop fait ? Elle aurait dû écouter Antoine, s'arrêter de travailler. Elle était une mauvaise mère qui avait tué son enfant à naître. Il avait fallu toute la psychologie des infirmières pour lui assurer qu'elle n'y était pour rien, que l'enfant avait sans doute une malformation et que même s'il était né à terme, cela n'aurait rien changé. La petite aurait sans doute été lourdement handicapée. Antoine pour sa part, ne semblait pas affecté plus que cela. S'il cachait sa peine, il avait dû bien l'enfouir ! Profitant du séjour à l'hôpital de sa femme, il avait retrouvé ses copains pour des virées dignes de l'époque de leur célibat.

Le retour à la maison avait été terrible. L'aménagement de la chambre d'enfant, déjà bien avancé, rappelait sans cesse à la jeune femme que cette dernière n'aurait pas de petit habitant. Sa fille ne la verrait jamais. Elle préféra condamner la pièce momentanément, ne se sentant pas le courage de la vider. Antoine lui avait bien dit que c'était partie remise, Jeanne refusait de revivre un tel cauchemar.

Le mieux était de se replonger à corps perdu dans le travail, s'occuper l'esprit pour oublier le vide qui avait gagné sa vie. Ses beaux-parents, le plus sérieusement du monde, avaient affirmé que ce n'était pas si grave, car heureusement, l'enfant n'était pas un garçon. Elle les aurait giflés !

Comment pouvait-on tenir de tels propos ? Souvent, elle allait se réfugier une ou deux heures chez ses parents, profitant de leur compassion et de leur écoute. Eux, au moins, la comprenaient. Ils avaient été très affectés du mauvais sort qui avait atteint leur petite-fille.

Moins de trois mois plus tard, lors d'une visite médicale de routine, elle apprenait qu'elle était à nouveau enceinte. Devant son incrédulité, le médecin avait dit qu'il s'agissait d'une grossesse de retour de couches, un grand classique paraissait-il. *N'ayez pas peur. Vous verrez que tout se passera bien, cette fois-ci,* l'avait-il rassurée. Jeanne était partagée entre la joie et la terreur que l'histoire se répète une fois encore. Une chose était sûre, il était hors de question d'annoncer cette grossesse à quiconque tant qu'elle ne serait pas certaine que tout allait bien. Elle le fit jurer à Antoine, qui sut s'y tenir.

Jérôme était né au début de l'année 1981, l'année de tous les changements. Un bébé costaud, rose et d'un calme impressionnant. Une force tranquille, en quelque sorte. Antoine pavoisait d'avoir enfin ce fils tant espéré, les grands-parents étaient totalement gâteux devant ce nourrisson qui perpétuait la lignée des Galmiche. Leur nom ne disparaîtrait pas après eux, c'était-là l'essentiel.

X.

Jérôme était rentré de mauvaise humeur ce soir-là. Il avait passé une journée éreintante, mais cela n'avait rien d'exceptionnel étant donné le manque cruel de généralistes en milieu rural. Il parlait rarement de ses patients avec Julia, mais là, il avait vraiment besoin de s'épancher. Il avait vu en consultation une dame quinquagénaire qui lui avait dit avoir chuté dans son escalier. Outre de nombreuses contusions, elle présentait une suspicion de fracture du nez.

Il l'avait longuement auscultée et était resté très dubitatif sur les conditions dans lesquelles elle affirmait s'être mise dans cet état. Certaines choses ne collaient pas. Il avait pris son temps pour instaurer la confiance, afin qu'elle lui dise sincèrement ce qu'il s'était passé. Elle avait fini, à demi-mots, par lâcher que son mari manquait de patience, qu'elle-même était maladroite, pas assez efficace dans ses tâches quotidiennes et qu'il la corrigeait.

— Mais, madame, pensez-vous vraiment qu'il n'y a pas d'autres moyens de s'expliquer que les coups ? C'est quelque chose d'inacceptable ! Quand quelque chose ne va pas, on en parle ! avait-il rétorqué avec véhémence. Ce sont les faibles qui cognent !

Il avait rédigé une ordonnance pour un contrôle radiologique du nez et des os de la face, puis l'avait vivement incitée à déposer plainte à la gendarmerie, non sans lui avoir délivré un certificat médical détaillé des blessures qu'elle présentait. Tout en écrivant, il sentit les réticences de sa patiente quant au dépôt de plainte. C'était un grand classique chez les victimes de violences conjugales, surtout lorsque celles-ci duraient depuis des décennies. Mal aimer quelqu'un, c'était toujours l'aimer quand même un peu. On retrouvait cette même dichotomie avec les enfants maltraités.

Julia comprit très bien pourquoi ce cas l'atteignait autant, mais sans pouvoir le dire puisqu'elle n'était pas censée connaître l'histoire familiale des Galmiche.

— Tu as agi comme tu le devais, tu ne pouvais pas faire plus, le rassura-t-elle. Personne ne peut rien faire à la place de cette femme. C'est à elle de trouver le courage nécessaire pour mettre un terme à son calvaire.

— Je le sais bien, mais ce que ces abrutis sont capables de commettre me rend fou ! Comment peut-on en arriver à matraquer une femme, ça me dépasse. Ils doivent estimer que leur virilité se mesure à la force de leurs poings, ces tarés ! Putain ! Un homme, ça doit pouvoir s'empêcher ! C'est ce qui distingue l'homo sapiens de l'animal, non ? Il semblerait que certains mâles aient eu des ratés dans leur évolution.

Il jurait rarement. Quand cela se produisait, c'était le signe qu'il ressentait une émotion très violente.

— Ne te mets pas dans des états pareils, mon chéri. Il est normal que cela te touche, mais prends du recul. Peut-être qu'après t'avoir vu, cette femme saura mesurer ce qui lui arrive et agira.

Elle devinait dans quel conflit intérieur il

devait être. Les souvenirs devaient affluer dans son esprit, lui faisant revivre des situations passées terribles. Julia aurait aimé qu'à cette occasion, il se confie enfin à elle. Qu'il crache ses traumatismes d'enfant comme il vomirait un poison. Mais Jérôme resta muet, refusant cette formidable opportunité d'alléger le poids qu'il portait telle une croix depuis tant d'années.

Rien n'avait pu le dérider, ni les facéties d'Oscar ni le délicieux repas que Julia avait mitonné. Une fois couché, Jérôme s'était recroquevillé en position fœtale dans les bras de sa femme, bénéficiant du cocon de tendresse qu'elle lui offrait. Elle le berça longuement, comme elle l'aurait fait d'un petit enfant apeuré, jusqu'à ce que le sommeil les gagne l'un et l'autre.

Le week-end était clément, aussi Jérôme profita-t-il de l'occasion pour initier Oscar à la pêche. Il le lui avait promis, mais n'avait encore jamais trouvé le temps de le faire. Il avait besoin du calme de cette activité pour se ressourcer et apaiser les tourments de son âme. Et puis, les rires du bambin lui feraient un bien fou. Ils s'installèrent sur un ponton, puis chacun une canne en main, tentèrent d'attraper quelques poissons.

Ici, c'était surtout de la carpe qui peuplait les étangs, mais on y trouvait également tanches, brèmes ou autres perches. Lorsque l'on était chanceux, on pouvait capturer un brochet, mais il fallait le mériter. L'Est de la France, tout particulièrement le Sundgau et les départements qui le jouxtaient avaient une spécialité culinaire très typique à base de carpe : la friture. Non pas, comme il était courant de la faire, avec de petits poissons, mais à partir des filets, levés et détaillés en goujonnettes. Celles-ci étaient mises à mariner dans la bière, séchées, puis passées à la farine ou à la panure avant d'être frites. C'était un délice dont les gourmets se rassasiaient en toute occasion. Elle était généralement servie accompagnée de citron, de mayonnaise, de frites et de salade. On ne pouvait pas dire que ce soit vraiment un menu diététique, mais c'était tellement savoureux que personne ne savait y résister.

Ils ne prirent rien, Oscar peinait à tenir sa canne correctement et aussi à rester tranquille et silencieux. L'apprentissage serait long, mais l'enfant n'avait que cinq ans... Ce n'était qu'à sept ou huit ans que Jérôme avait réussi à capturer ses premiers goujons, dans l'étang familial. Père et fils avaient néanmoins passé une belle journée et renforcé leur complicité, en plus de s'être oxygénés. Contre toute attente, le week-end se terminait mieux qu'il n'avait commencé

XI.

Durant sa grossesse et après la naissance de Jérôme, Jeanne avait poursuivi son activité professionnelle tant bien que mal, travaillant plus à la maison et ne réservant que deux permanences par semaine à la boutique. Elle en avait profité pour créer de nouveaux modèles qu'elle avait dessinés elle-même. Cela ne ravissait pas Antoine, mais le compromis avait permis de temporiser les choses.

Avec l'arrivée du nourrisson, sa fatigue s'était accrue. Outre la chute hormonale qui l'avait vraiment mise à mal, se relever jusqu'à six fois par nuit pour les tétées et changer l'enfant la laissait éreintée au petit matin. La nuit, lorsqu'elle peinait à se lever et que Jérôme hurlait dans son berceau, Antoine la secouait en lui disant de bouger, que bébé l'empêchait de dormir et qu'il serait fatigué pour aller au boulot. Dire que Jeanne avait le moral dans les chaussettes était un doux euphémisme.

Elle s'effondrait totalement, mais se gardait bien de verser des larmes devant son mari. D'ailleurs, à bien y réfléchir, la plupart du temps, elle ne savait même pas pourquoi elle pleurait. Elle savait juste qu'elle se sentait dépassée. Serait-elle capable d'assurer l'avenir de cette jeune vie ? Elle en doutait plus souvent qu'à son tour. On ne parlait pas beaucoup de *baby blues* à cette époque, mais c'était bien ce qui la frappait. La maternité état une plongée en *terra incognita* dont il lui semblait qu'elle ne se sortirait jamais.

Antoine avait du mal à admettre que l'enfant accapare autant sa femme. S'il pleurait, ce n'était jamais grave, il faisait un caprice et il fallait le laisser chialer ; s'il avait faim, il pouvait attendre. Et bien sûr, chaque fois qu'Antoine haussait un tant soit peu la voix, le bébé hurlait de plus belle, ce qui irritait encore plus son père qui finissait par partir en claquant la porte.

Lorsqu'ils se trouvaient en présence d'autres personnes, qu'elles soient de la famille ou non, il adoptait un comportement tout à fait différent, jouait avec Jérôme, le portait ou lui donnait le biberon. Tout le monde saluait ce père formidable et moderne, attentif au bien-être de son jeune fils. Que Jeanne avait de la chance d'être aussi bien épaulée, pensaient-ils, sans se douter que sa représentation était à mille lieues de sa façon d'être en privé. Cela rendait Jeanne folle ; elle ne savait plus que faire face à la manipulation qu'elle subissait au quotidien.

En entrant par effraction dans l'intimité de ses beaux-parents inconnus, Julia découvrait en réel tout ce qu'elle avait appris en théorie à propos des violences de couple.

Mais, si aujourd'hui on évoquait ouvertement tout cela, ce n'était pas le cas à l'époque. On estimait alors que ce qu'il se passait dans les familles relevait de la sphère privée et que nul n'avait à s'en mêler. Pourtant, ce n'était pas si vieux que cela, à peine quarante ans. Elle pariait que sa belle-mère n'avait jamais entendu parler de manipulateur pervers narcissique, d'ailleurs le terme n'existait pas encore.

Julia l'avait découvert en lisant les ouvrages de la psychiatre française Marie-France Hirigoyen. Le MPN[4] était un prédateur de la pire espèce en face duquel il était difficile de lutter.

Entre la théorie et la réalité, il y avait un océan de réactions émotionnelles qui la touchaient de plein fouet. Elle ressentait une empathie totale pour Jeanne, dont elle imaginait sans peine le parcours de vie qui la conduirait à sa perte inéluctable. Il n'était pas étonnant que Jérôme ait nourri une telle rancœur, pour ne pas dire haine, envers son géniteur — elle avait du mal à le nommer « père » — et que celle-ci se poursuive jusque dans la mort. À quelles horreurs avait-il été confronté jusqu'à ce qu'il quitte enfin la maison familiale et l'influence néfaste d'Antoine ? Quels étaient, encore aujourd'hui, les dégâts dans son psychisme ? Elle doutait que l'on puisse se sortir de tout cela sans en être durable-

---

4 Manipulateur Pervers Narcissique, MPN en abrégé, c'est un manipulateur qui se valorise en rabaissant les autres. Il est considéré comme un prédateur dangereux.

ment perturbé, surtout sans appui extérieur. À sa connaissance, Jérôme n'avait jamais suivi de psychothérapie. Qu'il ait consacré sa vie à soigner autrui était logique, mais pouvait-on aider efficacement l'autre sans au préalable s'être fait aider soi-même ? C'était loin d'être sans risques, tant pour lui que pour ses patients.

Les violences physiques étaient arrivées assez rapidement après la naissance du bambin, lorsque Jeanne ne se levait pas assez vite, au milieu de la nuit ou qu'elle n'était pas disposée à recevoir les amis de son mari. Au début il s'agissait de gifles, mais ce furent ensuite des coups de poing qu'Antoine prenait bien soin de ne pas asséner sur des zones trop visibles. Quiconque rencontrait Jeanne ne pouvait deviner ce qui se déroulait dans le huis clos de leur appartement.

Certes, Marguerite et Georges Toillon suspectaient que leur fille n'était pas aussi heureuse qu'elle voulait le montrer, mais jamais ils n'auraient imaginé que leur gendre la brutalisait. Ils l'aidaient autant que possible, en gardant le bébé lorsqu'elle se rendait à l'atelier ou souhaitait simplement souffler un peu, soit en lui faisant ses courses quand la fin du mois arrivait. À l'aise financièrement, ils disposaient aussi de temps, puisque tous deux étaient retraités. Totalement conquis par leur petit-fils, ils étaient prêts à n'importe quoi pour qu'il ne manque jamais de rien, de même que sa mère. Nul doute que si Jeanne s'était confiée à eux, ils auraient remué ciel et terre pour la tirer de l'enfer dans lequel elle vivait.

Mais voilà, elle n'avait rien dit et avait préféré enfermer sa honte en couchant son quotidien dans des carnets qui appartenaient désormais à son héritier.

XII.

Entre son travail et sa vie de famille, Julia n'avait plus beaucoup de temps pour elle. La pénurie de personnel à l'hôpital était pire que ce qu'elle avait imaginé. Entre la reprise de l'épidémie de COVID et la suspension des salariés non vaccinés, cela devenait difficile de se fier à un planning qui était sans cesse bouleversé pour les besoins du service. Les consultations se révélaient loin du calme qu'elle avait imaginé.

Ce jour-là, une femme amenée pour un électrocardiogramme était entrée dans une crise de panique terrible et violente. Elle s'était mise à hurler sur son brancard après s'être griffée à sang. Les agents de sécurité avaient dû être appelés en renfort, le temps de lui poser des sangles de contention et de lui administrer un tranquillisant avant de l'évacuer, laissant médusées les personnes présentes dans la salle d'attente. Julia était habituée à cette forme de dérapage, surtout après avoir exercé aux urgences à ses débuts, mais ce qui la marquait le plus, c'était l'irritabilité des malades en cette période où l'obtention d'une date d'examen dans des délais raisonnables relevait de l'exploit. Les spécialistes de ville étaient peu nombreux et réservaient souvent leurs créneaux disponibles à leur patientèle, poussant les autres à se rabattre sur les consultations hospitalières. Après quasi un an de plan blanc pour cause de pandémie, cela embouteillait sévèrement les services et seuls les médecins priorisaient les cas jugés sérieux pour l'attribution de rendez-vous. Cela générait de la frustration et de la colère qui, toutes compréhensibles soient-elles, demeuraient néanmoins inacceptables lorsqu'elles se déversaient sur le personnel. Et cela arrivait chaque jour.

Julia adorait son métier, elle n'avait jamais voulu en exercer un autre. Mais les aberrations administratives ainsi que cette violence qu'elle voyait monter petit à petit depuis qu'elle exerçait l'épuisaient. La COVID avait parfait le reste. Lorsqu'elle était encore au CHU de Montélimar, elle travaillait en service de réanimation. L'année deux mille vingt avait été un enfer. Comme partout, les agents soignants avaient dû s'adapter à des conditions inouïes, dignes de la médecine de guerre. Il avait fallu pousser les murs pour accueillir les malades qui affluaient, trouver des respirateurs, se protéger avec les moyens du bord : sacs poubelles pour remplacer les blouses manquantes, masques en tissu confectionnés artisanalement pour pallier l'absence des chirurgicaux dont les stocks n'avaient pas été renouvelés par l'État. Mais le pire avait été la contrainte à effectuer un tri parmi les personnes en détresse, en fonction de leurs chances de survie. Cela l'avait profondément marquée.

Un jour, elle avait dit à un cadre qui la sommait de trancher entre une jeune mère de famille atteinte de cardiopathie sévère et un soixantenaire encore vigoureux, qu'elle n'était pas devenue infirmière pour avoir un droit de vie ou de mort sur ses patients. Cela lui avait valu un rappel à l'ordre de sa hiérarchie et la jeune dame avait été sacrifiée. Si plus de lits avaient été disponibles, s'il y avait eu plus de moyens humains, choisir entre deux êtres en souffrance n'aurait pas été nécessaire, la place pour chacun aurait été assurée. Personne n'avait anticipé une épidémie de cette ampleur, pas plus les scientifiques que les politiques.

Sur le front de cette « guerre », pour reprendre le terme qu'avait affectionné le chef de l'État en s'adressant aux Français en deux mille vingt, bon nombre d'entre-eux étaient tombés au champ d'horreur, qu'ils soient médecins, personnels infirmiers, aides-soignants ou simples ASH[5]. Et ce n'étaient pas les médailles décernées à titre posthume ni ces mêmes professionnels de santé invités à défiler à l'occasion de la fête nationale sur les Champs Élysées qui amoindrissaient la responsabilité des décideurs, dont l'incurie s'était révélée au grand jour. Un an plus tard, les établissements étaient toujours sous tension, les hospitaliers en sous-effectif chronique

---

[5] Agent de service hospitalier

étaient épuisés, les lits toujours aussi rares puisque la politique de fermeture n'avait jamais ralenti. Il fallait vraiment avoir foi en sa vocation pour continuer à vouloir sauver son prochain dans de telles circonstances. Parfois, Julia avait envie de jeter l'éponge, découragée par autant de cynisme.

Pour Jérôme, médecin généraliste en cabinet privé de ville, cette pandémie n'avait pas été plus simple. Il avait croulé sous les consultations, souvent terminées à plus de vingt et une heures. S'il n'y avait plus de moyens de protection, au moins avait-il eu le flair de conserver des masques datant de l'épidémie de grippe A ; certes ils étaient périmés, mais néanmoins utilisables, car stockés dans de bonnes conditions.

C'était tout cela qui avait fait naître chez lui cette envie d'un retour à la nature et au calme. Être débordé en ville était invivable, mais à la campagne, dans un cadre agréable... Cela devenait tout de suite beaucoup plus supportable. Autant dire que l'héritage familial après le décès de son père avait été une aubaine, même s'il avait eu tout de même quelques réticences secrètes à l'idée de revenir s'installer dans la maison de celui qu'il avait maudit. Cela expliquait, pour une très large part, qu'il y ait fait effectuer autant de travaux. Elle n'avait désormais plus grand-chose en commun avec son origine. Seules restaient l'histoire portée par les ans, ainsi que les pierres qui la constituaient, mais Jérôme n'était pas superstitieux. Julia et Oscar y étaient heureux, c'était là l'essentiel.

-oOo-

Il prenait grand plaisir à faire découvrir la région à Julia. Récemment ils avaient fait, en famille, la visite de la chapelle de Ronchamp. Juché sur la colline de Bourlémont, à l'ouest de la commune, l'édifice construit par Le Corbusier au début des années cinquante surplombait l'ancienne cité minière et rayonnait sur les quatre horizons. Le site avait été classé, ainsi que d'autres créations de l'architecte helvète à travers le monde, au patrimoine mondial de l'humanité de l'UNESCO. Ce n'était pas la première chapelle mariale de cette colline, il s'agissait en fait de la troisième. Ce lieu de culte dédié à la Vierge était né au Moyen-Âge avec une église comtoise bâtie sur un ancien temple romain. À la bâtisse avait été adossé un sanctuaire — au style plus baroque — dédié à la Vierge. Victime de la foudre lors d'un orage en mille neuf cent treize, le bâtiment avait entièrement brûlé. Reconstruite peu après, la nouvelle chapelle avait été bombardée lors des combats de la libération en mille neuf cent quarante-quatre. Celle que le monde entier connaît aujourd'hui grâce à la renommée de son concepteur, contrairement aux apparences, n'était pas totalement réalisée en béton, mais pour une large part avec les pierres de sa prédécesseure. Cette visite n'avait pas passionné Oscar, sans doute trop jeune pour l'apprécier. Ils s'étaient promis de le ramener à Pâques l'année suivante pour la traditionnelle chasse aux œufs. Julia elle, avait été séduite par la lumière, le calme et la spiritualité du site. Jérôme avait huit ou dix ans lorsqu'il s'était rendu pour la première fois, avec sa maman et ses grands-parents Toillon, sur la colline de Bourlémont. Si Marguerite, sa grand-mère, était une femme très pieuse, ce n'était pas le cas de Jeanne et son père. Ils l'avaient juste accompagnée alors qu'elle souhaitait participer au pèlerinage marial qui avait lieu chaque 8 septembre. Jeanne lui avait donné, de façon simplifiée, un cours d'architecture contemporaine et Georges lui avait narré toute l'épopée des batailles qui s'étaient livrées en ce lieu que la guerre avait momentanément désacralisé. Il était ancien combattant, membre de l'association Rhin et Danube dont il était porte-drapeau.

D'abord maquisard, il avait rejoint l'armée française à la libération du secteur et avait ensuite contribué à la victoire finale sur l'Allemagne nazie, avant de partir pour l'Indochine quelques années plus tard. Aussi, quand il se lançait dans ses souvenirs de guerre, c'était toujours passionnant pour l'enfant qui vivait ces périples par procuration. De là était né l'amour pour l'histoire qui habitait encore Jérôme aujourd'hui. À l'époque, la chapelle était seule sur la colline, le monastère des Clarisses et le bâtiment de la Porterie, entrée officielle incluant un espace pour les expositions, n'avaient pas encore été conçus par Renzo Piano.

XIII.

Oscar était en panique ce soir-là.

— M'man, tu sais où est Scotty ? Oscar posa la question avec la gorge nouée par l'angoisse.

— Non, mon chéri. As-tu cherché dans ta chambre ?

— Ben oui ! Il n'est nulle part. J'suis sûr qu'il est perdu. Si ça se trouve, on me l'a pris. Larmes aux yeux, l'enfant implorait sa mère du regard. Malgré les airs de dur qu'il se donnait parfois, pour jouer au grand, l'enfant était encore très attaché à son doudou. S'il ne l'emmenait plus à l'école, il ne savait pas trouver le sommeil sans lui.

— Nous allons le chercher ensemble et nous allons le trouver, le rassura Julia.

Jérôme effectuait des tâches administratives dans son bureau, il n'était pas question de le déranger. Souvent, il râlait qu'il passait plus de temps à faire de la paperasserie qu'à soigner les malades qui venaient le voir.

Ils fouillèrent toute la maison, pièce par pièce, avec méticulosité et Oscar se désespérait un peu plus chaque fois que l'une d'elles étaient évincée de la liste. Au bout d'un moment, il fallut bien se rendre à l'évidence, Scotty avait bel et bien disparu. Julia déploya des trésors de tendresse pour consoler son fils, en vain. Il finit par aller se coucher en larmes. Il faisait peine à voir tant son désespoir enfantin était grand. Oscar traînait sa peluche partout depuis qu'il savait marcher et même si elle n'avait plus grand-chose à voir avec le chien flamboyant qu'elle était dans sa jeunesse, elle représentait tout pour Oscar. Julia ne comprenait pas. Il l'avait laissée à la maison avant de partir pour l'école le matin. Où, elle ne savait plus exactement. Peut-être sur le canapé, peut-être à la salle de bains. Or, Scotty n'était nulle part. Un vol n'aurait eu aucun sens, dans la mesure où personne n'était entré dans la maison avant qu'elle rentre du travail et Jérôme avait ramené l'enfant vers dix-huit heures trente, comme chaque soir, après sa journée de consultations. Elle avait beau se repasser le film des événements, elle ne voyait pas à quel moment l'objet avait pu se volatiliser et encore moins comment. Qu'il soit dehors lui semblait fort improbable, car la météo avait été exécrable et le passage à l'heure d'hiver ne permettait plus de laisser Oscar jouer dehors le soir. *Mais où l'as-tu donc fourré ?* s'énerva-t-elle toute seule. Elle repassa tout en revue, sommairement, pour le cas où quelque chose lui aurait échappé.

Elle y était encore lorsque Jérôme la rejoignit au salon, éreinté. Elle venait de soulever les coussins du canapé, dans l'espoir de découvrir le jouet caché sous l'un d'eux.

— Que cherches-tu à cette heure ?

— Oscar ne retrouve pas Scotty, tu ne l'aurais pas vu à tout hasard ?

— Pas du tout. Je trouvais d'ailleurs, lorsque nous sommes rentrés, qu'Oscar devenait grand, car il ne s'était pas jeté dessus dès son arrivée. Tu as bien vérifié partout ? Il n'a pas pu s'envoler quand même.

Une pointe d'agacement teintait sa voix.

Il avait eu une rude journée, il était tard et il n'avait vraiment pas envie de perdre du temps de sommeil à la recherche d'un jouet, aussi précieux soit-il pour le gamin.

— Demain sera un autre jour et tu verras peut-être mieux, dit-il. Si nous allions nous coucher ?

— Non, mais tu es sérieux ? Tu crois que je ne suis pas fatiguée moi aussi ? Si tu avais vu comme Oscar pleurait tout à l'heure, tu serais prêt à passer ta nuit à chercher ! Il m'a fendu le cœur, le pauvre chéri.

— Il commence à être grand pour avoir encore un doudou.

— Mais ce n'est pas une question d'âge, s'indigna-t-elle. C'est une question de maturité et de confiance en soi. Tu devrais savoir cela quand même.

Il était trop fatigué pour argumenter, d'un geste las, il indiqua qu'il laissait tomber et gagna l'étage. Il ne lui serait d'aucun secours dans la recherche du doudou perdu. Elle se sentit totalement impuissante et imaginait déjà comment expliquer à son fils que Scotty était définitivement perdu, le lendemain matin. Elle finit par aller voir dans le garage, l'ayant omis des recherches menées.

Si la porte principale de celui-ci était bien verrouillée, celle plus petite située à l'arrière ne l'était pas. Elle corrigea immédiatement cet oubli puis vérifia les rayonnages sur lesquels étaient rangés les outils de son mari. C'est en se tournant vers la voiture qu'elle fit la découverte.

Scotty était attaché sur une croix sommaire constituée de deux morceaux de branchage assemblés. Le tout était posé sur le capot du SUV et un papier était épinglé sur sa poitrine.

À être trop curieux,
on se brûle les yeux.
LAISSE TOMBER
avant qu'il soit trop tard.
PRENDS GARDE À TOI !

Son sang se glaça dans ses veines. Le message était pour elle, rien que pour elle et les menaces qu'il contenait également. Mais qui donc pouvait bien savoir qu'elle était partie à la découverte du quotidien de ses beaux-parents ? Elle n'en avait parlé à personne, de plus sa vie sociale en dehors du travail était réduite à néant. Quand donc aurait-elle eu le temps de faire connaissance avec qui que ce soit ? Et chaque fois qu'elle lisait les carnets, elle prenait bien soin de les ranger exactement là où ils étaient afin que Jérôme ne se rende compte de rien. C'était à devenir fou cette histoire ! Son seul soulagement était de ne pas avoir à affronter les larmes de son fils le lendemain matin. Après avoir fait une photo du doudou crucifié avec son smartphone, elle le libéra et fit disparaître cette croix sinistre non sans avoir déposé le message dans l'étui de son téléphone. Lorsqu'elle monta se coucher, elle passa dans la chambre d'Oscar et mit Scotty tout contre lui, à côté de son cœur. Ce serait la première chose qu'il verrait en ouvrant les yeux le lendemain. Elle sourit à cette idée et plaqua un baiser sur la joue de son fils endormi, dont la peau sentait encore le bébé malgré ses cinq ans.

Épuisée, elle se glissa dans les draps

après avoir pris une douche. Tourné face à la baie vitrée, Jérôme dormait déjà. Elle décida de l'imiter.

XIV.

Julia ne cessa de tourner cet épisode dans sa tête. Elle en avait parlé à Jérôme et lui avait montré le message laissé par la personne qui s'était introduite dans leur maison. Il ne s'était pas inquiété plus que cela. *Tu sais, peut-être que mon retour ici, après autant d'années passées au loin, ne plaît pas à tout le monde. Mon père était loin de ne compter que des amis.* lui avait-il dit. *Mais je suis ici chez moi et si cela en irrite certains, eh bien tant pis pour eux !*

Elle décida tout de même d'aller signaler l'incident à la gendarmerie de Faucogney où, après l'avoir écoutée attentivement et pris connaissance du contenu du billet, un militaire enregistra une main-courante au motif d'intrusion dans une propriété privée. L'isolement dans lequel ils vivaient n'était pas pour rassurer Julia plus que cela. Surtout lorsqu'elle était seule.

Pour continuer la lecture des carnets de Jeanne, elle devrait redoubler de prudence.

Ou alors, les scanner une bonne fois afin de ne plus y toucher par la suite. C'était une option possible. Son prochain jour de congé serait consacré à cela. Étrangement, Jérôme n'avait posé aucune question par rapport à la curiosité évoquée dans le message. Mais peut-être que cela aurait moins sauté aux yeux de Julia si elle ne s'était pas sentie aussi intrusive dans la vie de ses beaux-parents, ce dont son mari portait la responsabilité par son silence. S'il s'était confié à elle, elle n'aurait pas été tentée de chercher les éléments de réponse dans son dos. De cela elle était certaine. Elle était une Galmiche par alliance, l'histoire familiale la concernait au premier chef, de même qu'Oscar. Il était de son devoir de protéger le plus possible son fils. La personne qui s'en était prise à son doudou voulait atteindre Julia au travers l'enfant et c'était insupportable.

Ce qui lui était pénible, c'était de vivre en ayant sans cesse l'impression d'être sous surveillance. Elle avait le sentiment d'être épiée dans ses moindres faits et gestes dès qu'elle se trouvait aux Brûleux.

Avec la nuit qui tombait désormais de bonne heure, elle adopta l'habitude de fermer les persiennes à son retour. De bons volets en bois massif, pas des stores roulants que l'on pouvait forcer facilement et qui fleurissaient partout. Les portes étaient également verrouillées constamment ; cela la rassérénait quelque peu. La situation était pour le moins cocasse, car ils avaient quitté la ville justement pour éviter l'insécurité qui s'y développait, profiter des grands espaces et elle se barricadait dans sa ferme isolée, presque plus que si celle-ci était située au beau milieu d'une cité ! *Ma fille, tu es en train de virer à la paranoïa*, pensait-elle parfois. Arriver à trente-cinq ans pour devenir froussarde comme une collégienne, c'était tout de même un comble.

Ce jour-là, elle venait de rentrer. Après avoir posé son sac sur la table, elle était allée sortir les courses entreposées dans le coffre de sa voiture. Chargée et sans main libre, elle avait claqué la porte d'entrée d'un coup de talon, sans pour autant la verrouiller.

Une fois les produits frais et l'épicerie rangés, au moment d'aller accrocher le sac au porte-manteau du vestibule qu'elle découvrit qu'il n'était plus là. Il avait disparu alors qu'elle était dans la maison. La porte d'entrée était entrebâillée et Julia en vint même à douter de sa mémoire. Elle fouilla tout le rez-de-chaussée puis la voiture, en vain. Il fallut se rendre à l'évidence, quelqu'un s'était introduit chez elle et l'avait dérobé.

Après avoir téléphoné à Jérôme pour l'informer de ce qui lui arrivait, elle prit la route pour aller à la gendarmerie. Elle n'avait plus ni papiers d'identité, ni cartes bancaires, ni chéquier. Le parcours du combattant qu'allait représenter le renouvellement de tout cela, surtout avec des administrations qui fonctionnaient encore beaucoup en télétravail, lui donnait mal à la tête à l'avance.

Dire que les gendarmes restèrent dubitatifs à sa narration des faits serait un euphémisme. *C'est incompréhensible votre histoire. Un truc pareil, je n'ai jamais vu cela en quarante ans de service,* lui dit le plus âgé. *Vous avez regardé autour de la maison, sur les bas-côtés, dans l'herbe ? Vous l'avez peut-être fait tomber sans vous en rendre compte.* Devant le désarroi de Julia, il décida tout de même d'envoyer sur place une patrouille, afin de fouiller les environs de l'habitation.

Ils eurent beau scruter le moindre bosquet ou coin de pelouse, ils ne trouvèrent rien. Idem à l'intérieur de la maison. Sa plainte pour vol fut enregistrée incluant le récit détaillé de ce qu'il s'était passé. Entre-temps, Julia avait fait opposition à ses titres de paiement. Ce qui l'ennuyait le plus, c'était que pour demander duplicata du moindre document administratif il fallait une carte d'identité. Or, elle n'avait plus la sienne et les délais de renouvellement avaient atteint, du fait de sa modernisation, de la restriction des lieux habilités à enregistrer les données et de la COVID qui avait parachevé le tout, des records ubuesques. Lorsqu'elle avait appelé la mairie de Lure, on lui proposait un rendez-vous en février deux mille vingt-deux ! À cela s'ajoutaient encore trente jours avant qu'elle puisse retirer sa nouvelle carte… Six mois pour obtenir le premier document qui lui permettrait de refaire tous les autres. Julia se dit qu'elle avait basculé, sans s'en rendre compte, dans un monde parallèle. Celui dans lequel la peur et l'absurdité étaient reines.

Jérôme eut beaucoup de mal à rassurer sa femme lorsqu'il rentra. Livide, elle tremblait de tous ses membres, en plein état de choc. Deux événements majeurs intrusifs avaient eu raison de ses nerfs. Il lui administra un anxiolytique léger et lui ordonna de se reposer. Les papiers n'étaient « que des papiers » après tout, le principal était qu'elle n'ait pas été agressée physiquement.

— Tu ne comprends pas. On entre chez nous comme dans un moulin, malgré toutes les précautions que nous prenons. Je me sens violée dans mon intimité ! Le doudou d'Oscar, mon sac, la prochaine fois ce sera quoi ? Faut-il attendre un drame pour réagir ?

Surtout, que faire de plus ? Installer un système d'alarme ? Il aurait été inefficace dans le cas présent puisqu'elle l'aurait désactivé en entrant. Pour la première fois de sa vie, Julia se sentait totalement démunie face à un adversaire inconnu aux motivations obscures. C'était cela le plus flippant dans toute cette histoire. Sa raison risquait fort de l'abandonner si les choses devaient perdurer.

XV.

Durant quelque temps, Julia n'eut pas le courage de se replonger dans l'histoire de la vie de ses beaux-parents, la sienne lui semblant déjà bien assez compliquée comme cela sans en ajouter. Malgré son inquiétude, et aussi peut-être grâce à la plainte qu'elle avait déposée, il ne se passa plus rien d'anormal. C'était à croire qu'elle avait cauchemardé avant de se réveiller. Étrangement, son sac à main était réapparu peu après sa disparition. Il avait été retrouvé dans un bouquet de fougères, intact. Tout y était, jusqu'à l'argent liquide contenu dans son portefeuille. La cupidité n'était donc pas le mobile du délit. Personne n'y comprenait rien, même les gendarmes n'avaient jamais vu pareil cas. C'était une vraie histoire de fou.

Insensiblement, elle retrouva confiance et sérénité, refusant que sa vie soit régie par la peur. Il n'y avait rien de rationnel dans tout cela, la raison devait l'emporter sur l'obscurantisme.

Elle se résolut donc à effectuer ce qu'elle avait projeté, à savoir numériser les fameux carnets de sa belle-mère. En effet, elle n'avait aucun doute sur le fait que tout ce qui était arrivé dernièrement était en lien direct avec l'histoire de la famille Galmiche. Il lui fallait ainsi l'explorer, en connaître les secrets afin de comprendre le présent.

Après avoir regroupé les clichés en un fichier PDF, elle le téléchargea sur son smartphone et rangea soigneusement les cahiers à leur place. Elle pourrait désormais lire sans attirer l'attention de quiconque. Elle s'en sentit soulagée. Il s'agissait d'un objet inviolable, sécurisé par une reconnaissance faciale.

Elle repartit en immersion dans la vie de Jeanne et Antoine. Jérôme avait alors un peu plus d'un an, il marchait et commençait à parler. Par les descriptions dépeintes par sa mère, elle devina que Oscar lui ressemblait énormément au même âge. Tout comme son mari ne lui avait jamais rien confié de son passé, il ne possédait aucune photo de sa jeunesse. Il avait quitté Les Brûleux — sans rien hormis sa rage contre son paternel — et ne s'était jamais retourné en vingt ans.

C'était un enfant que l'on pouvait qualifier de sage : d'humeur égale, mais pas très souriant. Julia pensa qu'il tentait peut-être de se faire oublier, du moins lorsque Antoine était présent. Le couple avait déménagé pour s'installer aux Brûleux. Lucien, le père d'Antoine avait eu une attaque qui l'avait laissé hémiplégique et muet. Sa femme, Simone, avait besoin d'aide à la maison et surtout, n'avait plus guère de moyens financiers pour vivre. Ce regroupement familial avait une double raison d'être : sociale et économique.

Antoine était seul à vivre sur place, son frère Gilbert — son aîné de huit ans — avait quitté la région des années auparavant et s'était installé quelque part en Normandie. Il ne revenait que très rarement aux Mille Étangs. *Tiens, lui aussi avait fui*, remarqua Julia. Simone les avait convoqués un jour, sous prétexte d'un repas. Après le dessert, les choses s'étaient passées ainsi. *Va donc faire la vaisselle. Je dois parler à Antoine et les pièces rapportées n'ont pas à se mêler des affaires de famille*, avait-elle asséné d'un ton sec et sans appel. Jeanne avait ravalé son orgueil et obtempéré, la rage au cœur. Jérôme dormait dans son petit lit pliant.

Ce jour-là, la vieille avait convaincu son fils de venir se réinstaller dans la ferme afin de l'aider en échange de quoi ses parents la lui légueraient en héritage. Lorsque Jeanne avait été mise au courant du marché, elle était partie dans une colère noire. D'une part, parce qu'en retournant vivre là-bas, elle n'aurait plus seulement un bourreau, mais deux, plus la charge épouvantable que constituait l'invalide et aussi parce qu'Antoine, tout malin qu'il se croyait, ne voyait même pas qu'il allait se faire rouler par ses vieux. En droit français, des parents ne peuvent pas déshériter un enfant. Tôt ou tard, Gilbert réclamerait sa part des biens ! Mais comme Simone avait réponse à tout, elle trouva la solution. Si des parents ne pouvaient déshériter un enfant, ils pouvaient néanmoins vendre ce qui leur appartenait. Elle organisa, avec la complicité du notaire local, une fausse vente au bénéfice d'Antoine. *Ni vu ni connu, je t'embrouille*, pensa Julia écœurée par le procédé. Toutes ces magouilles n'avaient posé aucun cas de conscience à son beau-père, il avait trouvé cela tout naturel. Mais quelle famille !

Dès lors qu'ils furent retournés aux Brûleux, Antoine emprunta de l'argent pour lancer des travaux dans l'habitation. Le toit fut refait à neuf, ainsi que les fenêtres et autres portes. Jeanne avait bien tenté de lui faire installer le chauffage central au bois, mais en vain. Il avait tout au plus consenti à installer un second fourneau à l'étage, pour tempérer les chambres, ce qui avait déjà fait râler sa mère qui affirmait qu'ils jetaient l'argent par les fenêtres. Que son petit-fils puisse prendre froid ne l'avait pas effleurée. *J'ai élevé deux fils, ils n'avaient pas de chambres chauffées et ils ne sont pas morts*, affirmait-elle. Autant dire qu'à deux contre une, Jeanne n'avait plus droit à la parole, si tant était qu'elle l'ait jamais eu.

Il lui était de plus en plus compliqué de poursuivre une activité professionnelle avec cette surcharge de travail à la maison. De plus, il fallait compter avec le fait que de moins en moins de personnes requéraient les services d'une couturière, hormis pour des retouches basiques de vêtements achetés à bas prix dans la grande distribution. Cette dernière avait avalé, les années précédentes, les petites épiceries indépendantes qui avaient fermé leurs portes. Seules avaient résisté les enseignes appartenant aux groupes commerciaux nouvellement constitués ainsi que les Coopérateurs[6] En journée, Simone s'occupait de son mari impotent et Jeanne prenait le relais soir et matin avant de partir. Elle avait émis l'hypothèse d'engager une aide à domicile, la Sécurité sociale ouvrant droit à l'emploi d'une tierce personne pour des cas comme celui de

---

6 Coopératives de consommation par regroupement de consommateurs-sociétaires et constituées en réseaux de distribution et de magasins.

Lucien, mais là encore, Antoine et sa mère avaient été vent debout à cette idée. Antoine avait beau jeu, il était le seul à ne pas avoir à donner de sa personne pour son père. Leur façon de vivre ne regardait pas le monde, il n'y avait pas à démordre de cela. Jeanne n'avait déjà pas une très haute estime de son beau-père, rapidement elle se mit à le détester sans aucun complexe. Le temps qu'elle lui consacrait était aux dépens de Jérôme qui grandissait comme il pouvait, entouré d'une grand-mère acariâtre et d'un père colérique. Idéal pour un aussi jeune enfant n'était-il pas ? Cette situation ne pourrait pas durer éternellement.

Pour parfaire ce tableau idyllique, outre les remarques désobligeantes de son mari et en faisant abstraction du reste, Jeanne avait droit au même traitement de la part de Simone. Elle n'avait jamais dû entendre parler de féminisme ou de sororité. Julia pensa que les victimes de maltraitance se partageaient en deux parts égales, les unes trouvaient leur pilier de résilience et les autres devenaient, petit à petit, les bourreaux d'autrui. Simone appartenait — ainsi que son fils —, *a priori*, à cette seconde catégorie, pour son plus grand malheur.

Julia frémit en lisant un passage dans lequel sa belle-mère racontait ce qu'Antoine, un soir de mal-être, lui avait confié. Il avait évoqué une bêtise de gosse qu'il avait commise lorsqu'il était âgé d'une dizaine d'années. Son père l'avait frappé à coups de ceinture, puis l'avait attaché avec un collier à la chaîne du chien disparu depuis longtemps, au fond de la cour. Il avait ainsi passé quelques heures censées le faire réfléchir à son comportement. Il n'en avait retiré que rage et rancune. Voilà comment Antoine s'était construit, dans la violence et la haine, ce n'était pas étonnant qu'il ait reproduit ce schéma destructeur, puisque c'était le seul qu'il connaissait. Qu'avait-il bien pu faire subir à Jérôme ? Telle était la question qu'elle se posa en rangeant son téléphone, horrifiée par ce qu'elle avait découvert. Antoine et Jérôme avaient été des victimes par ricochet, d'un tyran domestique.

XVI.

En cette mi-novembre deux mille vingt-et-un, la froideur s'était installée sur le plateau des Mille Étangs et les premières neiges avaient fait leur apparition. Le paysage semblait avoir été saupoudré de sucre glace. Les branches dénudées, blanchies par le givre et les quelques flocons qui s'y étaient accrochés, offraient par endroits quelques fruits de fin de saison — gratte-culs ou autres prunelles — qui tentaient de subsister et offraient ainsi de maigres ressources nourricières aux oiseaux.

Il fallait désormais s'emmitoufler pour aller se promener, mais ce froid sec était sain et permettrait à la nature de mieux se régénérer dès le printemps revenu. Julia était une fille du Sud. Pour elle, les températures hivernales tournaient aux alentours de dix degrés. À cinq, elle sortait l'anorak… Jérôme l'avait prévenue que le Nord-Est était la terre de tous les extrêmes, mais elle ne s'attendait pas à un froid aussi mordant si tôt dans la saison. Cela amusa beaucoup son mari qui, dans sa petite enfance, avait connu le pire hiver qui avait pu exister, en février mille neuf cent quatre-vingt-quatre. S'il était encore très jeune, il se souvenait qu'à la ferme il y avait eu des jours très difficiles. Les fourneaux avaient tourné au maximum pour lutter contre des températures qui étaient descendues au-dessous de moins trente degrés. Sa grand-mère, lorsqu'elle devait sortir, plaçait des feuilles de vieux journaux sous ses vêtements, afin d'empêcher la bise[7] glaciale de la traverser jusqu'aux os. Les véhicules à motorisation diesel ne pouvaient plus rouler, victimes de leur gas-oil figé dans les réservoirs. Les hivers actuels n'avaient plus rien à voir avec ceux d'antan, malgré les messages alarmistes des médias. Doucement, mais sûrement, le réchauffement climatique opérait son œuvre et les autochtones parlaient de froideur lorsque le mercure

---

7 Bise (nf) Vent violent et froid, qui souffle du N. ou du N.-E. en hiver et au printemps.

atteignait moins dix degrés pour quelques heures seulement.

En février mille neuf cent quatre-vingt-dix, ça avait été la neige qui était tombée en des quantités extraordinaires, juste après une période de froid polaire. En campagne, cela n'avait pas posé de souci particulier, il y avait de l'espace pour l'évacuer, mais il n'en avait pas été de même dans les villes. À Belfort et Montbéliard, l'armée avait été appelée à la rescousse et avait benné de pleins camions de poudreuse directement dans les rivières. Jérôme avait le souvenir de congères dépassant sans problème le mètre de hauteur. Il restait nostalgique de cette époque qui lui avait offert des parties de luge mémorables. Oscar connaîtrait-il cela un jour ? Il en doutait. La seule station de ski du département, qui en était d'ailleurs propriétaire, La Planche-des-Belles-Filles, était située sur la commune de Plancher-les-Mines, dernier village du nord de la vallée du Rahin. Elle avait dû s'équiper d'un canon à neige pour s'assurer une exploitation minimale les années durant lesquelles l'enneigement était moindre. Et malgré cela, il était des saisons où la pratique des sports d'hiver devenait impossible. Aussi le site s'était-il ouvert au tourisme vert, aux sports d'été. C'était désormais la pratique du vélo qui était le phare du site après que le lieu soit devenu une arrivée incontournable du Tour de France. Les cyclistes venaient de Belgique, des Pays-Bas et de bien d'autres pays, afin de se confronter au célébrissime «mur» de La Planche dont la déclivité atteignait jusqu'à vingt pour cent par endroits.

La Planche, comme on l'appelait ici, marquait la limite méridionale entre les Vosges et la Haute-Saône au Nord, ainsi que celle du Territoire de Belfort à l'Est. Il était d'ailleurs possible de rejoindre le Ballon d'Alsace à pied ou à skis depuis son sommet.

-oOo-

Chacun était trop occupé par sa profession respective pour songer aux promenades. La reprise de l'épidémie de COVID ainsi que l'apparition de nouveaux variants du virus liés à l'arrivée du froid avaient remis en tension l'ensemble du secteur médical. Il leur semblait que jamais ils n'arriveraient à se sortir de toute cette merde qui empoisonnait la vie sociale depuis maintenant plus d'un an et demi, malgré la vaccination de la population. Cependant, le virus perdait en effets délétères ce qu'il gagnait en contagiosité. Ne faudrait-il pas, un jour, apprendre tout simplement à vivre avec lui comme on le faisait pour de banals rhumes ? Le climat morbide et terrifiant qui s'était abattu sur le pays depuis le printemps deux mille vingt ne devait-il pas cesser, sous peine d'ancrer définitivement les Français dans une peur chronique dont ils mettraient des années à se relever, sans parler de l'économie qui en avait pris un sérieux coup. Certains secteurs, comme la restauration, le tourisme ou la culture, étaient totalement sinistrés et leur rétablissement serait long, si tant est qu'il soit encore possible. Jamais, de toute sa carrière, Jérôme n'avait vu tant de patients en dépression, quand ils ne déclenchaient pas des troubles névrotiques. Dans les écoles, le protocole sanitaire strict imposait l'ouverture des fenêtres. On chauffait donc l'extérieur en une période de l'année où, dans ce coin du Nord-Est, le froid s'était installé. Il s'agissait d'une aberration économique et écologique censée réduire les risques de contagion. À l'heure où l'on se préoccupait de plus en plus de la préservation de la planète, le gaspillage de ressources carbonées généré par ce mode de fonctionnement ne pouvait pas durer éternellement sans conséquences graves.

Aux Brûleux, Jérôme avait joué la prévoyance en commandant, dès le milieu de l'été, bien avant que la famille emménage, trente stères de bois. Si le chauffage central du rez-de-chaussée, installé au sol, était alimenté principalement par une chaudière à granulés, il avait tenu à conserver un insert à bois dans le salon, ainsi que des poêles traditionnels en supplément, jusqu'à l'étage. Il avait trop souffert du froid dans cette maison lorsqu'il était enfant pour faire subir pareille chose à Julia et Oscar. Ils étaient parés, même en cas de coupures électriques longues qui pourraient mettre hors service la chaudière. En ces contrées forestières, il n'était pas rare que des incidents climatiques fassent tomber quelques arbres sur les lignes. Sans compter que le désastre de la tempête de décembre 1999 était encore présent dans toutes les mémoires. Certaines habitations étaient alors restées jusqu'à trois semaines sans électricité ni téléphone. Il fallait toujours tirer des leçons du passé, estimait Jérôme, et prévoir de quoi parer à toute éventualité. Surtout quand on vivait isolé du monde comme c'était le cas de la famille Galmiche.

-oOo-

Julia profitait de chaque instant de liberté pour poursuivre la lecture des carnets de Jeanne. La vie de cette femme ne cessait de la sidérer. Comment pouvait-on résister à autant de misères ? Julia ne le comprenait pas.

Jérôme était entré à l'école maternelle. À cette époque, il n'y avait ni cantine ni périscolaire, aussi Jeanne avait-elle choisi de l'inscrire à Lure, où elle pourrait plus facilement le récupérer à midi et le soir, sans que ça coûte trop à son travail. Mais l'enfant avait des journées longues pour son âge puisque le retour à la maison s'opérait rarement avant 18 h 30 car le trajet s'effectuait par de petites routes, le plus souvent mal déneigées l'hiver.

Cela remontait à une quarantaine d'années mais Julia ressentait à quel point ses sœurs de cette fin de XXe siècle pouvaient être abandonnées de tous à leur triste sort. Actuellement, même si tout était loin d'être parfait, il y avait des lois, des associations d'aide, des campagnes d'information visibles partout. Bien sûr, il se trouvait encore qu'une femme mourait tous les trois jours de maltraitance conjugale, mais, si le décompte avait été effectué dans les années quatre-vingt, quel en aurait été le résultat ?

Antoine buvait beaucoup, et si sa violence n'était pas à proprement parler due à l'alcool, ce dernier n'arrangeait rien. Il faut dire que sa mère était d'une génération pour laquelle avaler un litre de vin quotidiennement n'avait jamais été considéré comme un problème, juste une consommation banale pour un homme dans la force de l'âge. À cela, s'ajoutait la goutte, distillée à la ferme avec les fruits du verger, et lorsqu'ils avaient de la visite, l'apéritif.

Colérique de nature, Antoine voyait l'alcool amplifier ses sautes d'humeur durant lesquelles il se défoulait sur sa femme. Un jour, au printemps de l'année 1984, alors qu'ils s'étaient disputés violemment et qu'Antoine l'avait secouée plus que d'ordinaire, Jeanne était tombée du haut de l'escalier. Bien que sa belle-mère ait juré que ce n'était rien, elle avait été transportée à l'hôpital de Vesoul par les pompiers, et s'était retrouvée avec un plâtre au bras gauche pour cause de double fracture du poignet. Aux médecins qui l'avaient questionnée sur sa chute, elle n'avait rien dit, sinon qu'il s'agissait d'un accident stupide.

Ils n'avaient pas cherché plus loin. En tout cas, il ne lui était plus possible d'aller travailler ni d'aider à la maison, elle en était physiquement incapable. *Tu trouves qu'on n'en a déjà pas assez comme ça ? Nous voilà avec une charge de plus. Tu es une charge, ma pauvre fille*, lui avait grogné Simone sur un ton plein de rancœur. Jeanne avait bien envisagé d'aller passer sa convalescence chez ses parents, avec Jérôme, ils auraient été ravis de les accueillir. Mais son mari ne l'avait pas entendu de cette oreille. Hors de question que son souffre-douleur lui échappe, le risque qu'elle finisse par parler de leur intimité était trop grand ! Il voulait la garder sous son contrôle. Quant à son fils, c'était un Galmiche qui n'avait rien à faire chez les Toillon. Si les parents de Jeanne voulaient les voir, ils n'avaient qu'à venir.

Comme il n'était pas possible que Jérôme n'aille pas à l'école, Antoine profita de l'occasion pour l'inscrire à celle la plus proche, à Faucogney où il lui avait trouvé une nounou payée au noir ; il déposait l'enfant le matin avant d'attaquer son travail à 7 h et le reprenait le soir à 19 h en rentrant. Le bambin, coupé des quelques amis acquis à Lure et de l'affection qu'il avait pour sa première maîtresse, se renfermait sur lui-même et régressait. Alors qu'il était propre, les pipis au lit revinrent. C'était sa façon à lui de montrer son désaccord avec le choix paternel et aussi d'exprimer son désarroi après ce qui était arrivé à sa mère. D'après les écrits de Jeanne, il avait été témoin impuissant de la scène. Il venait d'avoir quatre ans.

XVII.

Julia prenait, chaque jour un peu plus, la mesure de ce qu'avait été l'enfance de Jérôme. Un enfer, elle ne trouvait pas d'autre mot pour la qualifier. Il avait enfoui tout cela en pensant l'oublier, mais devait vivre avec ce poids énorme. Elle comprenait beaucoup mieux ces moments d'absence durant lesquels il se refermait comme une huître et devenait hermétique à toute attention. Tant qu'il ne lâcherait rien, il ne pourrait pas se sortir de cette marée de noirceur qui l'empêchait d'être lui-même. Récemment, elle avait tenté, avec plus ou moins d'adresse, de l'inciter à se confier, mais c'était resté vain. Il s'était retranché dans son bureau, comme il le faisait chaque fois qu'il se sentait bousculé.

De quoi avait-il peur ? Peut-être de devenir comme son père. Cela ne l'avait jamais effleuré, mais cela se tenait. Antoine était le fils d'un homme violent et avait reproduit sur sa femme et Jérôme le même comportement. On pouvait aisément comprendre que Jérôme craigne de faire de même. Depuis des décennies, la malédiction des Galmiche pesait sur ses épaules sans qu'il ose s'en ouvrir à quiconque. La question qui se posait désormais à elle : comment l'en libérer ? Elle décida de se rapprocher d'associations d'aide aux victimes afin de prendre conseil. Depuis peu, il y avait des permanences à l'hôpital, la décision avait été prise après le Grenelle des violences conjugales. Julia ne connaissait pas grand-chose à cela, hormis ce qu'elle avait appris à l'école d'infirmière et qui n'était pas vraiment adapté dans le cas présent. Il y avait un monde entre le fait de savoir accueillir une victime et prendre en charge quelqu'un atteint de SPT[8] depuis des lustres, comme c'était le cas de Jérôme. Il était toujours plus simple d'adopter une conduite adaptée vis-à-vis d'autrui qu'envers soi-même, c'était bien connu. Être médecin ne le rendait pas forcément clairvoyant pour lui-même. Ce qui

---

8 SPT : syndrome post-traumatique

retenait beaucoup de personnes d'entamer une psychothérapie, c'était de devoir se replonger dans un passé qu'elles essayaient vainement d'oublier. Un passé trop douloureux, à tel point que d'aucunes pouvaient même l'effacer totalement de leur mémoire consciente. Mais il n'y avait point de salut sans travail sur soi. Même enfouis au plus profond de l'inconscient, ces souvenirs traumatiques opéraient un travail de sape sournois et pernicieux. C'était pour éviter cela que les spécialistes en victimologie préconisaient la mise en place de prise en charge le plus rapidement possible après un traumatisme.

Dans le cas de Jérôme qui avait été immergé dans la violence durant presque vingt ans, le chemin serait très long, il ne pouvait pas l'ignorer. Le fait qu'il ait conservé tous les carnets de sa mère montrait qu'il leur accordait une importance toute particulière. Elle l'imaginait, les jours où le *blues* l'envahissait, s'y replonger, revivre ces épisodes douloureux qui l'avaient marqué au fer rouge.

-oOo-

Depuis qu'ils étaient venus vivre aux Brûleux, Jérôme se sentait envahi par quelque chose de malsain, comme si la maison, bien que refaite de fond en comble, dégageait des ondes maléfiques. En homme de science, il savait bien que cela n'avait rien de rationnel, aussi luttait-il contre cela autant qu'il le pouvait. Mais, dans un coin de sa tête, il ne pouvait s'empêcher de penser que les fantômes de son passé pouvaient ressurgir à tout instant. Et s'il devenait lui aussi un tyran ? Cela le terrorisait d'autant plus qu'il ne pouvait s'en ouvrir à personne. Aujourd'hui, il ne restait que peu de personnes au fait de l'histoire de la famille, mis à part le frère de sa mère, Jean, qui vivait toujours à Annegray dans la maison des Toillon. Si Jérôme avait entretenu des relations à distance avec lui durant toutes ces années, il n'avait pas encore trouvé le courage d'aller le voir depuis son retour. Cette visite, il devrait l'effectuer seul. Comment expliquer à Julia toute cette merde ? Depuis qu'ils étaient ensemble, il tournait et retournait ses souvenirs dans sa mémoire pour définir les meilleurs moments et façons de lui parler de son enfance, sans qu'aucune solution satisfaisante émerge jamais. Lorsqu'elle saurait, elle fuirait. Qui accepterait d'aimer un descendant de bourreau ? Toute femme sensée prendrait immédiatement le large, c'était évident. Aussi avait-il décidé que tout cela n'avait jamais existé. Et cela avait fonctionné, du moins jusqu'à ce qu'ils s'installent ici.

Dès qu'il avait été doté de capacités de compréhension, sa mère lui avait martelé que son avenir serait ce qu'il choisirait d'en faire. *Il n'y a pas de fatalité,* lui répétait-elle. *Tu es maître du jeu.* Voilà qui était facile à dire ! Cela s'était révélé juste du point de vue professionnel, mais en ce qui concernait sa vie privée, il était toujours envahi de doutes et de craintes. Il ne parvenait pas à se faire confiance, c'était plus fort que lui. De fait, comment pouvait-il imaginer qu'autrui puisse lui accorder ce que lui-même se refusait ?

S'il n'avait fait preuve d'aucune inquiétude visible lors des deux intrusions qu'ils avaient subies, c'était surtout pour éviter que Julia se fasse plus de souci. Il ne croyait pas au hasard. Quelqu'un cherchait à les chasser des Brûleux, cela lui apparaissait comme une évidence. S'il n'avait pas lu les carnets de sa mère, il n'aurait jamais su dans quelles conditions son père était devenu propriétaire de la ferme et de ses terres. Cela l'avait tellement écœuré qu'il n'avait pas lu la suite. Avec l'engouement pour la campagne généré par les confinements, la valeur de la propriété avait grimpé en flèche. Était-il possible que Gilbert ait des vues sur le domaine, avec quelques décennies de retard ? Cherchait-il à lui faire payer le fait d'avoir été spolié par ses parents et son frère ? C'était tordu, mais chacun sait que les principales sources de disputes familiales sont liées aux héritages et aux discordes qu'ils engendrent. Il aurait quel âge d'ailleurs ? Antoine aurait soixante-dix ans, donc son aîné devait avoir environ soixante-dix-huit ans. Le secret de la fausse vente avait été gardé jusqu'à la mort de Lucien, à la fin des années quatre-vingts. Ce n'était qu'à ce moment-là que Gilbert avait appris, après visite au notaire dans le cadre de la succession, qu'il n'y en avait aucune puisque les biens immobiliers avaient été rachetés par Antoine. Cela avait donné lieu à une scène d'anthologie entre Gilbert et sa mère, durant laquelle il l'accusa d'avoir organisé sa disgrâce. Antoine en avait également pris pour son grade pour avoir marché sans sourciller dans les combines parentales. De ce jour, Gilbert n'avait jamais remis les pieds en Haute-Saône, du moins à la connaissance de son neveu. Il avait regagné la Normandie où il possédait un élevage de chevaux et n'en avait plus bougé. Mais qui pouvait vraiment savoir ? Il devait en avoir le cœur net, s'armer de courage et tenter de joindre son oncle.

-oOo-

Le samedi suivant, profitant du fait que Julia était sortie faire quelques courses avec Oscar, Jérôme s'enferma dans son bureau et se résolut à appeler Gilbert. Il avait trouvé son numéro par le biais de l'annuaire en ligne. Il n'avait que dix ans la seule et unique fois qu'il l'avait rencontré, ses souvenirs étaient flous.

C'était une femme qui avait répondu. Lorsque Jérôme s'était présenté et avait demandé Gilbert Galmiche, elle lui avait répondu, d'une voix glaciale, que son époux était hospitalisé depuis bientôt deux ans. Il avait dû user de persuasion afin qu'elle ne raccroche pas et finisse par accepter de lui parler.

« Je sais que vous étiez brouillés avec mes grands-parents et mon père. Hormis les chromosomes, je n'ai rien de commun avec eux et ne suis pas responsable de leurs méfaits. J'ai juste besoin de réponses à mes interrogations. Pensez-vous qu'il soit possible que je puisse communiquer avec votre mari, si j'allais le voir ? ».

Après un silence, la femme lui indiqua que Gilbert était atteint de la maladie d'Alzheimer. Il avait été placé, car elle ne pouvait plus s'en occuper correctement, étant elle-même âgée.

— Tout dépend de ce dont vous souhaitez lui parler. Sa mémoire ancienne est encore à peu près intacte. Dites-moi si je me trompe. Je pense que vous voulez évoquer Les Brûleux et la famille, c'est bien cela ?

— C'est bien cela oui. Mais je ne désire pas raviver de polémique, tout cela n'a que trop duré.

— Il est à Notre-Dame de la Charité, à Bayeux. Mais n'allez pas le bousculer, c'est un vieil homme fragile.

— Ne vous inquiétez pas pour cela. Je suis moi-même médecin et ai l'habitude de ce type de pathologie. Puis-je vous demander si j'ai des cousins ou cousines, si ce n'est pas indiscret ?

— Nous avons eu trois enfants. Une petite-fille morte en bas âge, et des jumeaux : Nathan et Béatrice. Ils ont aujourd'hui cinquante ans.

— Je vous remercie infiniment pour votre accueil. Lorsque je passerai en Normandie, m'autorisez-vous à venir vous rencontrer ? Je ne souhaite pas que vous vous y sentiez obligée.

Elle accepta, après un moment d'hésitation. Elle pensait sans doute elle aussi qu'il était grand temps d'assainir l'ambiance familiale détestable qu'elle avait toujours connue depuis qu'elle avait épousé Gilbert. Mieux valait tard que jamais.

XVIII.

Le 25 novembre arrivait à grands pas et pour tout haut-saônois qui se respectait, cette date était celle de la foire de la Sainte-Catherine, à Vesoul. L'une des foires les plus anciennes de France puisqu'elle puisait ses racines au XIIIe siècle. Une véritable institution qui, si elle conservait son traditionnel marché aux bestiaux et engins agricoles, s'ouvrait désormais sur tout et n'importe quoi puisque les camelots en tout genre ne l'auraient ratée pour rien au monde. Un concours des plus beaux chapeaux de « catherinettes[9] » était organisé chaque année. Mais, si les enfants adoraient voir de près les animaux de ferme, il était une chose qu'ils aimaient par-dessus tout et que l'on ne trouvait qu'à Vesoul, le 25 novembre : le cochon de pain d'épice nappé de chocolat, sur lequel il était possible de

---

9 Jeunes filles de 25 ans qui ne sont pas encore mariées. La tradition veut qu'elles portent un chapeau extravagant aux tons jaunes et verts confectionné pour ou par elles, à leur image.

faire écrire son prénom, et qui était doté d'un gadget formidable. En effet, la pâtisserie avait la particularité de comporter un sifflet de bois fiché dans le derrière du cochon.

L'événement, annulé en deux mille vingt pour cause de pandémie, faisait cette année son grand retour, à la plus grande satisfaction de tout le monde.

Oscar avait grandi en ville et connaissait assez mal le monde rural. Ce pourrait être l'occasion de le lui faire découvrir et Jérôme ne doutait pas qu'il soit conquis de revenir avec sa pâtisserie. Cette année, c'était un jeudi, ce qui tombait plutôt bien car il s'agissait du jour où il cédait la place à un jeune interne. Julia par contre, serait retenue à l'hôpital. Une virée entre mecs pourrait développer une connivence plus étroite entre le père et le fils.

Lorsqu'il était enfant, Jérôme y allait chaque année avec sa mère et ses grands-parents. Georges ne se lassait pas de lui expliquer tout à propos du matériel, mais aussi des différentes espèces d'animaux, qu'il s'agisse de poules, lapins ou autres bovins. Il n'était pas peu fier de transmettre ses connaissances et serait heureux de savoir que Jérôme continuait la chaîne avec Oscar. S'il avait pris ses distances, professionnellement parlant, avec le monde agricole, Jérôme restait, au fond de lui, très attaché à ses racines.

-oOo-

De son côté, Julia était débordée par le travail. Le manque de personnel se ressentait partout et tout le monde naviguait à vue, enchaînant les heures supplémentaires et les changements de plannings. Le système D régnait dans tous les services, ce qui faisait dire à la direction que cela n'allait pas si mal puisque l'hôpital fonctionnait malgré tout. Peu lui importait que les soignants tirent sur la corde jusqu'au point de rupture. Elle rentrait éreintée, n'ayant qu'un seul besoin : se poser et ne plus bouger, ce qui était rendu difficile par la présence d'un jeune enfant sous son toit. Ses rares moments de répit étaient consacrés à la poursuite de sa découverte de la vie de Jeanne et Antoine.

« L'accident » de sa belle-mère avait, comme c'était prévisible, précipité la chute de son entreprise. Jeanne avait mis en vente son fonds de commerce en début d'année 1985. Elle en avait tiré une coquette somme qu'elle avait aussitôt placée sur un compte au nom de Jérôme. Il serait heureux de pouvoir en profiter, le jour où il faudrait financer ses études. Elle était restée plâtrée durant trois mois puis avait entamé ensuite une longue rééducation. Les conditions dans lesquelles vivait la jeune femme n'avaient pas vraiment arrangé les choses. Il lui avait été difficile de se ménager après que l'immobilisation de son bras fracturé ait été réduite à une simple manchette. Constamment, Simone lui reprochait la charge supplémentaire qu'elle représentait, n'hésitant pas à rappeler qu'en toutes circonstances, elle-même n'avait jamais paressé. Il n'était donc pas étonnant que Jeanne ait dû forcer au point d'endommager son poignet accidenté, dont elle ne récupéra d'ailleurs jamais totalement l'agilité.

Antoine passait de moins en moins de temps à la ferme. Il invoquait le travail, sans duper Jeanne : on ne bûcheronnait pas de nuit. Il devait festoyer avec ses potes, à moins qu'il y ait plus que cela… Au moins, ses absences lui permettaient-elles de souffler jusqu'au moment où il rentrait enivré, ce qui arrivait de plus en plus souvent. Dans ces moments-là, il se conduisait de façon encore plus abjecte. Jeanne n'avait aucune échappatoire possible, elle devait céder à toutes ses exigences, à quelle qu'heure que ce soit. Quel soutien aurait-elle pu attendre dans cette maison ? Son seul rayon de soleil : Jérôme, son fils. C'était pour le préserver qu'elle étouffait ses cris dans son oreiller lorsque Antoine, saoul, la forçait à assouvir ses désirs pervers. L'enfant avait intégré l'école élémentaire et se révélait très bon élève, malgré — ou du fait — des circonstances particulières. Comme s'il avait compris, en dépit son jeune âge, que son unique chance de sortir de cet enfer passait par la réussite scolaire. *Tu deviendras ce que tu choisiras d'être…* Il en avait fait son mantra et c'était grâce à cela qu'il était entré à la faculté de médecine de Strasbourg quelques années plus tard, à la plus grande fierté de sa mère.

Dès lors qu'il avait montré des aptitudes sérieuses pour les études, son père lui avait accordé encore moins d'importance qu'auparavant, comme si le haut potentiel de son fils avait révélé sa propre médiocrité. *Eh ! L'intello, toujours dans tes bouquins ? C'est pas tes livres qui vont nourrir la famille,* lui assénait-il régulièrement. *Pis ça coûte, les livres, et c'est moi qui paie, évidemment.* Combien de fois Jérôme avait-il entendu cette litanie ? Un nombre incalculable.

Ainsi allait le quotidien de Jeanne et son fils, au fil des ans. En 1990, Lucien subit une énième attaque cérébrale qui le conduisit à l'hôpital de Belfort, dans le service des soins intensifs neurologiques. Son pronostic vital était cette fois engagé. L'impotent était plongé dans un profond coma et les infirmières avaient préparé la famille à une issue fatale. C'est là qu'il mourut, une dizaine de jours plus tard, sans s'être réveillé. Il fut inhumé à Saint-Martin, dans le caveau des Galmiche. Ne plus avoir l'invalide à la maison représenta un allégement de charge conséquent pour Jeanne, qui retrouva ainsi un peu plus de liberté. Mais Simone veillait au grain, épiant les moindres allées et venues de sa bru, afin de les rapporter ultérieurement à son fils.

Lors de l'été de cette même année, Jeanne eut une bien mauvaise surprise. Elle était enceinte encore une fois sans l'avoir désiré et comble de l'horreur, des suites d'un viol commis par Antoine. Sa vie, déjà bien assez difficile, elle ne l'imaginait pas avec un enfant de plus à charge. Dès qu'elle avait connu son état, elle avait su qu'elle ne garderait pas cet enfant-là, quitte à parcourir des kilomètres pour bénéficier d'un avortement.

XIX.

Jérôme et Oscar étaient rentrés épuisés et heureux de Vesoul. L'enfant courait dans toute la maison en soufflant dans le sifflet qui ornait le derrière du cochon de pain d'épice qu'il avait en main.

— Maman, j'ai vu des vaches, des cochons, des lapins, des poules ! Et aussi des gros tracteurs. Je suis même monté dessus. On pourrait avoir des poules et des lapins, dis ?

— Des poules ? Pourquoi pas. Nous aurions des œufs frais chaque jour. Mais des lapins, mon chéri, il faudrait s'en occuper, c'est du travail et nous avons peu de temps. Et surtout, les gens qui les élèvent ne le font pas parce qu'ils sont mignons, mais pour les manger !

Illico, l'enthousiasme d'Oscar fut douché. Comment pouvait-on manger d'aussi gentilles bêtes, se demanda-t-il. À aucun moment, lors de leur visite de la foire de la Sainte-Catherine, il n'avait fait le lien entre les animaux de la ferme et son assiette. Il devait apprendre les codes de la campagne et arrêter de voir chaque animal au travers du filtre Disney. Ce n'était pas gagné, surtout à cinq ans. Jérôme se souvint de sa grand-mère, tuant le lapin du repas dominical sans aucun état d'âme. Cela ne l'avait jamais choqué, il avait toujours su que ces animaux étaient destinés à la consommation familiale, au même titre que les carpes de l'étang ou le lait des vaches. Enfant, il adorait prendre soin des bêtes de la basse-cour auxquelles il donnait du grain et des déchets alimentaires. Refaire un poulailler aux Brûleux était une bonne idée, il l'installerait pendant l'hiver afin de pouvoir accueillir les premiers volatiles dès le printemps. Il faudrait, bien sûr, le sécuriser pour le mettre à l'abri des prédateurs, renards, mais aussi fouines et autres amateurs de volailles. Et Oscar lui avait rappelé, durant la journée, qu'il lui avait promis un chien… Au vu des intrusions dont ils avaient fait l'objet, cela devenait nécessaire. De préférence, un animal qui pourrait intimider d'éventuels visiteurs tout en étant un compagnon agréable. Cela rassurerait grandement Julia et Oscar serait heureux. Afin de faire oublier au bambin le destin des bêtes de ferme, Jérôme annonça qu'ils iraient tous ensemble visiter la SPA de Belfort ce week-end, voir les toutous disponibles à l'adoption. Il n'en fallut pas plus à Oscar pour sauter de joie et se mettre à rechercher un nom pour son futur copain de jeu. Scotty sous le bras, il grimpa dans sa chambre en chantonnant sur tous les tons qu'il allait avoir un chien.

— Dis-moi, cette décision serait-elle liée à ce qu'il s'est passé ici récemment ? interrogea la jeune femme.

— Oui. J'ai pensé que tu te sentirais ainsi protégée. Je n'ai pas voulu t'inquiéter plus, mais ces événements ne m'évoquent rien qui vaille. On verra plus tard s'il faut installer un système d'alarme, mais j'espère que nous ne serons pas obligés d'en arriver à cela. Ce serait quand même un comble de devoir vivre en étant retranchés, alors que nous sommes en pleine nature, sans vis-à-vis ou voisins. Ce lieu est pour moi synonyme de liberté, pas de forteresse.

Julia l'embrassa et tous deux se lancèrent dans la préparation du repas. Avec la venue du froid, une raclette serait adaptée. Jérôme avait acheté, à la foire, du fromage au lait cru et de la charcuterie artisanale. Il n'y avait qu'à faire cuire les pommes de terre. Une bouteille de Savagnin[10] attendait déjà au réfrigérateur. Dehors, la nuit tombait ; quelques heures plus tard, les premiers flocons de l'année voletaient dans la noirceur glacée.

-oOo-

Dès son réveil, Oscar sauta partout, excité comme une puce après avoir découvert une campagne ouatée. À Montélimar, la neige était rare et il n'avait jamais pu l'apprécier que lors de séjours au ski. Il tirait déjà des plans pour faire

---

10 Le Savagnin est le cépage caractéristique du Jura. Il sert à l'élaboration du vin jaune.

de la luge ou un bonhomme au bord de l'étang. Mais il devrait attendre, l'école allait l'occuper jusqu'au soir.

Jérôme s'était levé de bonne heure afin de dégager l'accès à la maison. Le manteau hivernal ne dépassait pas les quinze centimètres, mais il valait mieux nettoyer le chemin, pour le cas où les chutes se poursuivraient en journée. La neige s'accrochait bien aux branches et aux câbles électriques, signe évident qu'il en tomberait encore dans les heures à venir. Quelques visites de patients à domicile étaient prévues, cela risquait de poser quelques problèmes pour se rendre dans les lieux reculés des hauteurs du plateau. Après avoir pelleté pendant une bonne heure, il était revenu au coin du feu les joues rougies et les sens aiguisés par la morsure du froid.

Sur l'étang, des canards sauvages s'ébrouaient dans les eaux glaciales, près la roselière. Avec la brume matinale, le site offrait un spectacle digne d'une carte postale. Les branches dénudées du saule ployaient plus qu'à l'accoutumée, comme si le magnétisme terrestre les attirait encore plus à lui. Une buse tournoyait dans le ciel, à la recherche d'une proie. Qu'il aimait ce pays qui lui avait tant manqué durant toutes ces années ! Encore une chose que son père lui avait volée, en plus de sa jeunesse. Depuis qu'il était revenu en Haute-Saône, Jérôme avait l'impression de former à nouveau un tout, de communier avec la nature.

Julia mit plus de temps que d'ordinaire pour rejoindre le réseau principal. Si les routes étaient relativement propres, elle n'était pas habituée aux dures conditions hivernales du Nord-Est de la France. Le plus chaotique avait été de sortir des Brûleux. La voie d'accès était déneigée par la commune, mais n'étant pas prioritaire, elle ne serait dégagée que plus tard dans la journée. Heureusement, Julia était partie avec une avance confortable. Arrivée dans la plaine, il n'y avait plus rien hormis un léger saupoudrage de l'herbe.

-oOo-

Lorsque Jérôme arriva à son cabinet, son carnet de rendez-vous était blindé. Entre la reprise de la COVID et la grippe hivernale qui pointait le bout de son nez, il aurait fallu des journées de trente-six heures pour réussir à absorber le flot incessant de malades.

En milieu de matinée, quelle ne fut pas sa surprise de trouver, dans sa salle d'attente, son oncle Jean. Il s'était promis de le contacter prochainement, mais comme dit le proverbe, *si tu ne vas pas à la montagne, la montagne viendra à toi.*

Il ne l'avait pas revu depuis vingt ans et s'il avait vieilli — plutôt bien d'ailleurs — le frère de sa mère gardait cette silhouette svelte qu'il avait toujours eue.

— Tu pensais passer à la maison ou rester dans ta tour d'ivoire, lui demanda-t-il, un sourire en coin.

— Tu sais, je n'ai pas vraiment eu de temps à moi depuis notre installation. Mais je comptais t'appeler dans la semaine.

Qu'est-ce qui t'amène, rien de grave j'espère ?

Non, il n'y avait rien de sérieux. Mais comme beaucoup de septuagénaires, Jean était traité pour de l'hypertension et de l'arthrose. Son neveu avait ouvert un cabinet à Mélisey, il avait choisi d'en faire son médecin. La moyenne d'âge des praticiens du secteur étant élevée, il ne craindrait pas d'avoir à se mettre en quête d'un nouveau pour cause de départ à la retraite.

Une fois la consultation terminée, il fut convenu que Jean et son épouse Marianne viendraient dîner aux Brûleux le lendemain soir pour faire connaissance de Julia et d'Oscar. Jérôme s'apprêtait à lever un pan du rideau qu'il avait déployé sur sa vie passée.

XX.

La décision d'avorter de Jeanne n'avait pas été pour celle-ci sans conséquence. Lorsqu'elle était allée à l'hôpital pour la consultation de datation obligatoire, la gynécologue avait pratiqué un examen complet avant l'échographie. Jeanne n'avait pas envisagé que cela pourrait se passer ainsi. Pour la première fois, un tiers avait pu constater les hématomes qu'elle cachait soigneusement à ses proches. Cuisses, poitrine, dos, tous présentaient des meurtrissures difficilement compatibles avec la thèse accidentelle. Devant les explications embrouillées de la jeune femme, la praticienne n'avait pas joué les dupes, d'autant que même au niveau gynécologique, des abrasions semblaient démontrer qu'il y avait eu également des violences sexuelles.

— Madame, je vais vous établir un certificat médical en bonne et due forme. Vous pourrez toujours l'utiliser si un jour vous souhaitez déposer plainte.

— Porter plainte ?

— Oui. Ce que l'on vous fait subir est interdit. Vous savez, je vois beaucoup de femmes comme vous, vous n'êtes pas seule, hélas. Ce n'est pas parce que vous êtes mariée que cela donne à votre conjoint le droit de vous transformer en souffre-douleur. Je comprends parfaitement que vous ne souhaitiez pas garder l'enfant que vous portez, car il est le fruit de viols.

— Mais non, puisque c'est mon mari, ce n'est pas du viol...

— La loi reconnaît le viol entre époux madame. C'est tout nouveau et beaucoup l'ignorent encore. Vous êtes bien victime de viols multiples. Ensuite, nous lancerons la procédure pour mettre un terme à cette grossesse non désirée. Si vous voyez un psychologue rapidement, cela peut-être fait avant la fin du mois. Cela vous convient-il ?

Jeanne avait acquiescé, tête baissée. Elle se sentait coupable malgré tout. Coupable de ne pas donner une chance à cet enfant qui n'avait rien demandé ; coupable d'avoir fait naître la suspicion sur Antoine. Ce qu'elle gardait pour elle était désormais connu au moins d'une personne. Elle se félicita du fait que celle-ci soit soumise au secret professionnel. Elle n'aurait pas à partager sa honte avec d'autres. Car la honte débordait de partout chez elle. Elle était une moins que rien pour accepter autant d'abominations. Une femme normale ne supporterait jamais cela.

Cette femme médecin était révoltée même si elle mettait un point d'honneur à ne rien laisser paraître. En lui délivrant le certificat, elle lui glissa une plaquette contenant les coordonnées d'une association d'aide aux femmes.

— Faites-vous aider avant qu'il soit trop tard, lui glissa-t-elle en la raccompagnant. Personne ne mérite de vivre cela. Personne ! On se revoit bientôt pour l'intervention. Bon courage à vous.

Jeanne était bouleversée, partagée entre un certain soulagement généré par le partage de son calvaire et ce qu'elle estimait comme un manque de loyauté de sa part à l'égard de son mari. Lorsqu'elle s'était mariée, n'avait-elle pas promis de l'aimer pour le meilleur et pour le pire, jusqu'à ce que la mort les sépare ? Elle rangea les documents dans son sac à main. Elle avait beau retourner les choses dans sa tête, elle ne voyait pas comment se sortir du cauchemar éveillé dans lequel elle était plongée depuis si longtemps. Ah, s'il n'y avait pas eu Jérôme…

Il était entré au collège de Faucogney. Toujours aussi bon élève, ses professeurs lui prédisaient un avenir brillant. Le jeune adolescent très mature pour son âge passait tout son temps libre à travailler ses leçons, au grand dam de son père qui lui reprochait sans cesse de ne rien faire d'utile à la maison. Jeanne s'évertuait à le protéger, mais Jérôme avait compris depuis longtemps ce qu'elle subissait. Il en avait nourri une véritable haine envers son père. Si être un homme c'était cela, il refusait d'en devenir un. Il se construisait en mettant un point d'honneur à ressembler le moins possible à son géniteur, tout au moins dans ses actes, car physiquement, c'était quelque chose sur lequel il n'avait aucune maîtrise. Chaque fois qu'il se voyait dans un miroir, il était désespéré de voir à quel point il possédait des traits similaires avec lui tout en s'en voulant de son incapacité à protéger sa mère.

Un enfant ne devrait jamais avoir à devoir protéger un adulte, pensa Julia. Ce n'est pas dans l'ordre des choses. Mais hélas, l'actualité — quelque trente ans après — démontrait que cela existait toujours.

-oOo-

Julia fut agréablement surprise lorsque son mari lui annonça la visite à venir de son oncle. Enfin, il s'ouvrait un peu à elle. Le frère de Jeanne pourrait peut-être lâcher quelques informations inédites à propos de sa sœur, l'espoir était permis. D'ailleurs, savait-il à quel point Jérôme avait verrouillé son passé ?

La rencontre fut très agréable. Jean et Marianne étaient des gens charmants qui avaient immédiatement mis Julia à l'aise.

Ils avaient été sidérés par ce que Jérôme avait réalisé à la ferme des Brûleux. D'une maison dysfonctionnelle, froide et sombre, il avait fait un lieu chaleureux et lumineux. Un cocon d'amour dans lequel la petite famille pourrait s'épanouir en toute quiétude.

Les chutes de neige avaient cessé dès le matin et par la baie vitrée, les rives blanches de l'étang luisaient sous un beau ciel étoilé. Un vrai paysage de carte postale. Oscar était monté jouer dans sa chambre, laissant les adultes à leurs conversations.

— Ta mère serait fière de toi, Jérôme. Autant de l'homme que tu es devenu que de ce que tu as fait de cet endroit.

L'oncle et le neveu étaient assis au coin de la cheminée tandis que Julia débarrassait la table, aidée de Marianne.

Cette dernière était d'une douceur et d'une bienveillance incroyables. Julia regrettait de ne pas avoir fait sa connaissance plus tôt. Elle et son mari formaient un couple uni et leur prévenance l'un envers l'autre n'avait pas été altérée par leurs nombreuses années d'union. Jean était le frère aîné de Jeanne. Il avait épousé Marianne en mille neuf cent soixante-dix. Cinquante ans plus tard, ils s'aimaient encore comme au premier jour, c'était visible au premier coup d'œil.

— Savez-vous que c'est la première fois, depuis que j'ai rencontré Jérôme, que je découvre une partie de son passé ?

— Tu sais Julia, il n'a pas eu une enfance facile. Mais il a conjuré le sort en quittant Les Brûleux. Il s'est construit une protection. Avec de la patience et de l'amour, tu réussiras à briser sa carapace. Ce n'est pas anodin qu'il ait choisi de revenir vivre ici avec toi et votre adorable fils. C'est incroyable de voir à quel point ce gamin ressemble à son père au même âge. Jérôme ne peut pas le renier !

Les deux femmes discutèrent longuement, de tout et de rien, en toute complicité. Le couple septuagénaire avait eu trois enfants qui leur donnèrent à leur tour sept petits-enfants dont le plus jeune avait approximativement l'âge d'Oscar. Marianne ne doutait pas que les deux bambins devraient s'entendre comme larrons en foire. Elle proposa de réunir tout le monde pour Noël dans la maison de La Voivre.

— Un vrai Noël en famille, cela contribuera à renouer les liens. Jérôme n'a pas revu ses cousins depuis si longtemps, décida Marianne.

Il se faisait tard. Le couple prit congé. Il fallait rentrer, de nuit, et la route serait sans doute gelée.

Lorsque Julia monta embrasser Oscar et le coucher, elle fut saisie de stupeur en trouvant la fenêtre de la chambre ouverte. Scotty était abandonné sur le parquet.

Julia appela plusieurs fois, la voix nouée par l'angoisse. Elle devait se rendre à l'évidence, l'enfant avait disparu.

XXI.

Rongé par l'inquiétude et la fureur, Jérôme fouilla toute la maison ainsi que les environs proches. Il avait repéré des traces de pas dans la neige, en bas de la chambre. Ce n'étaient pas celles d'Oscar, mais bien des empreintes laissées par un adulte. Au bas mot, une pointure taille quarante-quatre… Il lui apparut que l'enfant n'avait pas quitté seul les lieux, mais qu'il avait été enlevé.

Moins d'une demi-heure plus tard, la gendarmerie était sur place et « gelait » les lieux. Une équipe de l'identité criminelle ainsi que les membres de la brigade cynophile les y rejoignirent. Les techniciens procédèrent à des relevés d'empreintes, tant dans la pièce qu'à l'extérieur. Un moulage de l'une des traces de pas fut réalisé pendant que les maîtres-chiens se mettaient en action à la recherche d'Oscar et de son ravisseur.

Julia avait complètement perdu pied et se trouvait en pleine crise de larmes écroulée dans un fauteuil du salon. Jérôme lui était mû par une colère dévastatrice. On avait osé toucher à son fils et cela le rendait fou.

— Si je trouve l'enfoiré qui a fait cela, je le tue de mes propres mains, hurlait-il.

— Docteur Galmiche, calmez-vous nous faisons tout ce qui est humainement possible pour retrouver votre fils au plus vite. Les premières heures comptent pour beaucoup dans ce genre d'affaires, dit le major Jeandesboz, qui dirigeait les opérations. Je vous comprends parfaitement, j'ai moi aussi des enfants. Mais il faut savoir raison garder. Asseyez-vous et occupez-vous de votre femme, elle en a grand besoin. Savez-vous qui pourrait vous en vouloir au point de s'en prendre à votre fils ?

— Je n'en sais rien ! C'est votre boulot de retrouver ce salopard, pas le mien.

Les gendarmes avaient envoyé une patrouille au domicile de Jean et Marianne, afin de s'informer au cas où le couple aurait vu quelque chose d'anormal en quittant Les Brûleux. Un avis de disparition avait été lancé. Au loin, dans la noirceur de la nuit, on entendait les aboiements des chiens de recherche. Ils allaient forcément trouver quelque chose, les traces n'allaient pas s'effacer par magie. La neige était, dans le cas présent, une alliée précieuse.

Des empreintes digitales partielles avaient été trouvées dans la chambre, sur les montants de fenêtre, et un tampon imbibé de chloroforme gisait dans la neige, dans un coin de la terrasse. Le kidnappeur avait dû le laisser tomber en quittant les lieux. Alors qu'il effectuait un moulage de pas, un technicien trouva, un peu à l'écart, un mégot de cigarette. Celui-ci fut placé aussitôt dans un sachet à scellé. Avec un peu de chance, on pourrait en extraire de l'A.D.N. Tout fut envoyé au labo à des fins d'analyses urgentes. L'intrus n'était pas motorisé, aucune marque de pneus n'avait été constatée dans un rayon de plus d'un kilomètre autour des Brûleux. Les gendarmes avaient perdu la trace du fuyard au niveau d'un ruisseau. Sans doute avait-il descendu le cours d'eau à pied, la faible profondeur le permettant.

Avec l'accord du procureur de Lure qui venait d'arriver, des contrôles routiers avaient été établis sur les principaux axes du département et dès le lendemain matin, les médias diffuseraient l'alerte enlèvement. Des battues seraient organisées. Les gendarmes de la C.O.B.[11] de Luxeuil-les-Bains avaient reçu des renforts en provenance de la compagnie de Lure. Tous étaient sur les dents, déterminés à retrouver rapidement la jeune victime.

Julia s'était endormie dans son fauteuil, après que Jérôme lui ait administré un léger sédatif. Il s'était quelque peu calmé et tentait de réfléchir de manière rationnelle. Il devait jouer franc jeu avec les enquêteurs, s'il voulait leur donner une chance de récupérer Oscar. Jeandesboz était revenu sur les deux précédents méfaits et voyait un lien naturel entre eux et l'enlèvement même si cela demandait confirmation. Sur la terrasse, le commandant luron s'entretenait avec le procureur.

---

11 Communauté de brigades, abréviation C.O.B.

En reprenant son audition, Jérôme raconta donc, par le menu, l'histoire familiale, sans rien omettre : les violences auxquelles sa mère avait été soumise et qui l'avaient poussée au suicide lorsqu'il avait quitté la ferme pour entrer en première année de faculté, en l'an deux mille ; les humiliations dont lui-même avait fait l'objet ; les nombreuses infidélités d'Antoine et enfin, la rupture qu'il avait instaurée et à laquelle il n'avait jamais dérogé jusqu'au décès de son paternel, ainsi que le sort qu'il lui avait réservé *post-mortem* : la crémation suivie de la dispersion de ses cendres. Il assumait parfaitement avoir voulu gommer jusqu'à son existence.

— Qui tout cela aurait-il pu affecter ? Vous avez encore des parents du côté des Galmiche sur le plateau ?

— Non, pas à ma connaissance. Gilbert, le frère de mon père, est en Normandie. Il est atteint d'Alzheimer et vit en EHPAD à Évreux. J'ai eu sa femme au téléphone récemment. Je ne sais pas où sont ses enfants, mais vous devriez les retrouver sans peine. Mon oncle avait, lui aussi, coupé tout lien familial depuis des années après avoir été lésé par une fausse vente des Brûleux faite par ses parents à mon père, Antoine.

— Et qui est au courant de tout cela ? Il faut reconnaître que cela constituerait un sérieux mobile, cette histoire d'héritage.

— Mes cousins, je suppose. Mais cela n'aurait pas de sens de vouloir remuer la merde plus de cinquante ans après. Pour parler franchement, même si l'épouse de mon oncle a accueilli fraîchement mon appel, nous nous sommes quittés en bons termes puisqu'elle a accepté que je lui rende visite le jour où j'irais en Normandie.

— Quoi d'autre encore ?

— Je vous ai tout dit, major. Cette histoire familiale a bousillé ma jeunesse et continue de me hanter. Mais j'ai beau retourner les choses dans tous les sens, je ne vois pas comment le passé pourrait ressurgir ainsi dans mon présent. Ni par qui. Nous ne sommes revenus ici qu'en septembre, nous n'avons guère eu le temps de nouer des liens, amicaux ou hostiles d'ailleurs. J'ai l'impression que ce lieu est maudit et que la maison me fait payer les turpitudes de mon père, même si je sais que cela ne tient pas debout.

— Vous avez évoqué des infidélités de votre père, n'avez-vous jamais eu connaissance de quelles avaient pu être les femmes avec qui il trompait votre mère ? Nous devons explorer toutes les pistes, même les plus improbables.

— Alors là, vous me posez une colle. Personne ne parlait de cela devant moi. Je l'ai découvert par déductions et aussi par des ragots que me rapportaient mes camarades d'école. Et vous savez, du moment où je suis entré au lycée et plus encore quand je suis parti à Strasbourg, j'ai perdu un peu plus le fil des événements qui se déroulaient ici. Vous devriez interroger mon oncle, Jean Toillon et à son épouse. Peut-être que ma mère, sa sœur, leur avait confié certaines choses. Ils haïssaient mon père au moins autant que moi.

Julia s'était réveillée et écoutait, médusée. Depuis quand ? Jérôme ne le savait pas, il n'y avait pas prêté attention. Ils se regardèrent intensément.

— Mon amour, je te promets de ne plus rien te cacher. Tout cela a empoisonné ma vie trop longtemps. D'avoir tout déballé ce soir m'a soulagé.

Jérôme sanglotait. Toutes les tensions accumulées depuis des décennies venaient de rompre leur barrage. Julia le prit dans ses bras pour le consoler.

— Là, là… On va s'en sortir, je te le promets. Libère-toi !

— C'est à cause de moi que l'on s'est attaqué à Oscar, je suis le seul…

— Ne dis pas cela. Je te l'interdis. Tu n'es responsable de rien. Ce sont les actes de ton père qui ont déclenché tout cela. Je lis les journaux de ta maman depuis que nous sommes arrivés ici. J'avais besoin de comprendre, ne m'en veux pas.

Jérôme se sentit encore plus honteux de ne jamais avoir parlé à sa femme. Que ne lui avait-il fait confiance, elle l'aurait sans doute épaulé. Mais pour cela, il aurait fallu qu'il se juge lui-même digne de recevoir de l'aide.

XXII.

Oscar se réveilla dans la pénombre d'un chalet inconnu. Terrifié, l'enfant regarda autour de lui. Des outils de jardin traînaient dans un coin, une bouteille d'eau et un verre sale étaient posés sur une table bancale. Instinctivement, il appela sa mère en vain. Scotty lui manquait, il ne pouvait se raccrocher à rien qui puisse le rassurer.

L'unique fenêtre avait été masquée de vieux journaux scotchés. Était-ce encore la nuit ou pas, le bambin semblait bien incapable de le dire. Il se souvenait d'être allé jouer dans sa chambre, mais il n'en avait pas eu le temps et avait été ceinturé à son entrée, puis s'était endormi aussitôt.

— Alors, l'morveux, t'es réveillé ?

Un homme au visage buriné s'était approché. Il ressemblait aux ogres des histoires que Julia lisait à son fils le soir. Il avait une carrure qui n'avait rien à envier à une armoire comtoise, une tignasse hirsute coiffée d'un mauvais bonnet de laine et une barbe en broussaille. Il était atteint d'un strabisme très marqué qui donnait à son regard un air fourbe.

— J'veux ma maman !

— Tu la r'verras ta mère, si tes parents se montrent bien obéissants. S'ils ne le sont pas, c'est qu'ils ne t'aiment pas. Et alors là…

Oscar se mit à pleurer. Sa détresse aurait fendu le cœur le plus endurci.

— Arrête de chouiner, tu m'énerves ! Et il ne faut surtout pas m'énerver, tu comprends ?

L'enfant essaya de se calmer, en vain. C'était plus fort que lui. Après s'être éloigné en direction d'une gazinière, l'homme revint avec un bol fumant qu'il posa sur la table.

— Allez, viens. Je t'ai chauffé du lait, bois !

Le bambin obtempéra silencieusement, en reniflant.

-oOo-

Le jour s'était levé sur la campagne enneigée entourant Les Brûleux. Julia et Jérôme avaient passé une nuit blanche, hantés qu'ils étaient par la disparition de leur fils. Le gros des troupes de la gendarmerie était reparti après les premières constatations. Les recherches approfondies débuteraient en fin de matinée, avec l'aide des habitants des environs.

Leurs téléphones portables avaient été mis sous surveillance, pour le cas où le ravisseur les contacte ce qui semblait fort probable.

À quelques encablures de là, les militaires interrogeaient Jean et Marianne Toillon. Le couple était catastrophé de ce qui arrivait à leur neveu qu'ils n'avaient pas vu depuis plus de vingt ans. N'avait-il déjà pas assez souffert ? Ils n'avaient rien remarqué qui sortait de l'ordinaire lorsqu'ils avaient quitté Les Brûleux, mais leur vision n'était plus ce qu'elle était et il faisait nuit noire. Quand la conversation dévia sur les relations extra-conjugales d'Antoine par contre, leurs langues se délièrent. Bien sûr qu'ils savaient des choses, même trop.

— Jeanne était pour moi plus qu'une amie, expliqua Marianne. C'était un peu la petite sœur que je n'avais jamais eue. Elle s'est beaucoup confiée à moi quand ça allait mal. Et puis surtout, nous avions des yeux ! Il aurait fallu être aveugle pour ne pas voir traîner la voiture ou la mobylette d'Antoine chez certaines personnes. Il y a eu Martine Lamboley, qui habitait sur la route de Sainte-Marie-en-Chanois, puis Nathalie Jacquot, de La Mer, Magalie Pheulpin, de Faucogney et encore quelques autres dont les noms ne me reviennent pas. Il faudrait que je réfléchisse. C'est tellement vieux tout cela.

— Dites donc, c'était un bourreau des cœurs votre beau-frère, releva un gendarme tout en notant les informations.

— Un séducteur ? Pas vraiment ! C'est surtout que, lorsqu'il avait envie de quelque chose ou de quelqu'un, il se servait, si vous voyez ce que je veux dire.

— Vous insinuez qu'il aurait forcé ces

femmes à céder à ses avances ?

— Oui, vous comprenez bien. Il faisait avec elles toutes ce qu'il commettait sur notre Jeanne. Elle a mis très longtemps à oser m'en parler, la pauvre. J'ai eu toutes les peines du monde à lui faire admettre que même s'il s'agissait de son mari, il n'avait pas le droit de la contraindre à quoi que ce soit. Mais vous savez, l'idée du devoir conjugal est encore bien ancrée dans les esprits, hélas.

— Pensez-vous que l'une de ces femmes pourrait vouloir faire payer au fils ce qu'elle aurait subi du père dans le passé ?

— Sérieusement ? Je n'en suis pas convaincue. Beaucoup s'illusionnaient de sentiments qui n'existaient que dans leur tête. Je me souviens de l'une d'elles, qui espérait vraiment pouvoir s'installer aux Brûleux, le jour où Antoine en aurait chassé Jeanne. Elle le claironnait dans tout le village. Mais elle a fini comme toutes les autres, abandonnée lorsque Antoine s'est lassé d'elle. Il aimait trop la chair fraîche ! C'est terrible à dire, mais ce qui le faisait vibrer, nous en sommes convaincus mon mari et moi, c'était de lire la peur dans le regard de ses proies. Avec Jeanne, cela a duré vingt-cinq ans, vous imaginez un peu ? Tu te souviens comment elle s'appelait, Jean ?

— C'était la fille du Tatave qui habitait à Esmoulières. Mais son nom de famille... Ah ! Vous savez, il ne fait pas bon vieillir, ajouta Jean en s'adressant à l'enquêteur.

— Ne vous inquiétez pas, vous nous avez déjà donné beaucoup d'éléments. Nous devrions pouvoir retrouver toutes ces personnes. Ici, tout le monde connaît tout le monde, c'est l'avantage de la ruralité. Pouvez-vous nous parler de la mort de Jeanne Galmiche ? Son fils étant absent au moment des faits, il ne peut pas préciser certains points. L'enquête de l'époque a été bouclée rapidement, concluant à un décès volontaire. Vous était-elle apparue suicidaire dans les mois ou semaines précédents ?

Jean se racla la gorge, le regard assombri par des souvenirs funestes.

— Elle a été retrouvée pendue dans la grange des Brûleux le trente novembre deux mille. C'est Simone, sa belle-mère qui l'a découverte le soir, en allant nourrir les bêtes. Jeanne n'allait pas bien, ce n'était un secret pour personne. Je lui avais dit souvent de quitter cet enfoiré d'Antoine, de refaire sa vie. Elle méritait d'être heureuse, vous savez. Mais elle s'estimait coupable de ce qui lui arrivait. Aujourd'hui, on sait que c'est la même chose pour toutes les femmes qui subissent des violences, l'inversion de la responsabilité que l'on retrouve dans les propos des victimes. Je n'ai jamais su trouver les bons mots pour la convaincre, pour la sauver. J'ai commis une erreur de jugement, je ne pensais pas qu'elle avait atteint un tel degré de désespoir, surtout qu'elle était pleine de projets pour Jérôme. Comment imaginer qu'elle était sur le point de se foutre en l'air ? Nos parents ne s'en sont jamais remis : ma mère est morte de chagrin en mai deux mille un et mon père l'a suivie, un mois jour pour jour après elle. Infarctus, nous a dit le docteur. On ne parlait pas du syndrome du cœur brisé à cette époque-là.

Les yeux du septuagénaire s'embuèrent à l'évocation de ces disparitions successives. Son épouse lui serra la main, pour lui transmette un peu de réconfort.

— C'est après le décès de Jeanne que nous sommes venus vivre dans cette maison avec les enfants, pour ne pas laisser Marguerite et Georges seuls avec leur peine, précisa Marianne. Et puis, nous aussi avions besoin d'eux, humainement parlant. Ce drame a dévasté notre famille. Vous pensez qu'il y a un lien entre ces vieilles histoires et l'enlèvement du petit ?

— C'est encore trop tôt pour l'affirmer, répondit un gendarme, mais nous ne devons exclure aucune hypothèse. Vous nous avez été d'une grande aide, nous allons vous laisser tranquilles.

Remontés dans leur véhicule, les militaires regagnèrent la caserne de Faucogney où devait se tenir une réunion qui dévoilerait le plan de battue. Celle-ci était programmée pour onze heures.

XXIII.

Quelque part, sur les hauteurs d'Effreney.

Alors, il l'as eu ou pas ?
— Oui, rassure-toi. Il est dans l'ancien chalet de chasse. J'y suis passée ce matin pour déposer des provisions. Tout allait bien, le petit dormait.

— Bien. Pour une fois que l'Christian réussit quelque chose, je ne vais pas m'en plaindre. C'est qu'il a pas inventé l'fil à couper l'eau chaude, mon fils.

La femme rajouta rageusement une bûche dans la cheminée avant de se tourner vers sa bru.

— Tu surveilleras bien qu'il n'en fasse pas qu'à sa tête. Qu'il suive le plan sans improviser, on ne lui demande rien d'autre.

— Je lui ai dit. Vous êtes dure avec lui quand même. C'est pas parce qu'il n'est pas bien malin que vous pouvez le mépriser comme ça !

— J'sais bien c'qu'il vaut puisque c'est

moi qui l'ai mis au monde ! Maintenant, qu'il appelle le Marseillais... S'il veut revoir son fils, va falloir qu'il crache au bassinet, le môssieur. Il a eu assez d'sous pour transformer sa bicoque en château, qu'il paie.

Elle sortit en claquant la porte derrière elle.

-oOo-

Tous les alentours des Brûleux avaient été bouclés en un large périmètre destiné aux recherches. Une multitude de véhicules de gendarmerie étaient garés à proximité de la zone. Des groupes furent constitués auxquels on attribua des portions de territoire à ratisser, en ligne. L'officier qui supervisait les opérations avait déployé une carte d'état-major et indiqua à ses troupes comment procéder. Les chiens n'étaient pas revenus puisque la trace avait été perdue au niveau de la rivière. Si, dans la journée, une piste en amont ou en aval était repérée, il serait toujours temps d'aviser. La fuite lointaine à pied était improbable du fait de la météo. Le ravisseur avait forcément dû laisser un véhicule quelque part, peut-être dans un périmètre élargi. Il s'agissait, à défaut de trouver l'enfant, d'identifier l'endroit du stationnement et d'y faire effectuer les relevés nécessaires par les agents de l'identification criminelle.

Il était un peu plus de treize heures lorsque l'alerte fut donnée, au nord de la zone. Un endroit situé en lisière de bois présentait des traces de pas similaires à celles constatées autour de la maison, ainsi que de belles marques de pneus. L'emplacement fut immédiatement figé, entouré de Rubalise®[12].

-oOo-

Dans la maison des Brûleux transformée en camp retranché, chacun attendait un signe du ravisseur. Le téléphone de Jérôme sonna à quatorze heures.

---

[12] Marque déposée

— Je tiens ton fils. Tu vas bien m'écouter et obéir. Je te donne jusqu'à demain matin pour me verser ce qui m'est dû, c'est-à-dire 50 000 euros. Tu les déposeras derrière l'oratoire des Ronçois à neuf heures précises. Tu y viendras seul évidemment. Au moindre faux pas, tu pourras dire adieu à ton niau[13]. C'est compris ?

— Qui êtes-vous ?

L'interrogation resta sans réponse, la communication avait déjà été coupée. L'appel émanait d'un portable qui bornait du côté de Corravillers.

— Hors de question que vous payiez quoi que ce soit. On ne cède jamais aux demandes de rançon, c'est une règle.

— De toute façon, où voulez-vous que je trouve une pareille somme d'ici à demain matin. J'ai tout investi dans la rénovation de cette maison !

— Ne vous inquiétez pas, nous allons mettre au point un plan d'action pour arrêter cet individu et libérer votre fils. Il revendique ce qui affirme lui être dû. Une

---

13 Niau : jeune enfant, en patois.

façon se considérer comme un membre de votre famille. C'est de ce côté qu'il va falloir que nous progressions rapidement. Il n'y a plus une minute à perdre.

Le militaire appela son supérieur afin de savoir où en étaient les investigations du côté des Galmiche ainsi que celles concernant les relations adultères d'Antoine. Une équipe s'était chargée de retrouver les cousins normands. Ceux-ci, tous installés dans le quart nord-ouest de la France, semblaient hors de cause après quelques entretiens téléphoniques, mais il restait à vérifier leurs emplois du temps. Pour le reste, un second binôme s'était mis en quête des maîtresses d'Antoine. Trois avaient déjà été auditionnées.

Si leurs témoignages les avaient disculpées, l'une d'elles avait pu apporter de nouveaux éléments. Jean Toillon avait raison, c'était bel et bien du côté d'Esmoulières qu'il allait falloir enquêter. Le fameux Tatave avait enfin été identifié, il s'agissait de Gustave Daval dont la fille, Françoise, avait eu une relation assez longue avec Antoine. Il semblait qu'elle avait quitté la région au milieu des années quatre-vingt, chassée par son père qui ne supportait plus qu'elle ternisse l'honneur de la famille. Les gendarmes avaient bon espoir de parvenir à retracer son parcours avant la fin de la journée, en recoupant les fichiers de la Sécurité sociale et ceux des Impôts.

-oOo-

Le major Jeandesboz reçut, sur son portable, les premiers résultats d'analyses. Les traces de pas correspondaient à une pointure de taille quarante-six laissées par des bottes en caoutchouc Aigle®, un modèle on ne peut plus courant. Il n'y avait pas grand-chose à attendre de ce côté, si ce n'était une marque d'usure importante du talon sur la face externe. Les empreintes digitales n'avaient pas permis d'établir le nombre de points d'identification nécessaires à leur exploitation. Les traces de pneus les renvoyaient, quant à elles, à un véhicule 4 x 4 ayant au moins vingt ans. Il fallait exploiter le fichier des immatriculations de la préfecture afin d'identifier les propriétaires et ensuite aller les voir. Par contre, le mégot avait révélé un profil génétique incontestable. Le ravisseur était bien issu de la branche paternelle des Galmiche, l'A.D.N. était formel.

Plus que jamais, il devenait urgent de mettre la pression sur les membres connus et d'accélérer les investigations à propos de Françoise Daval. Un enfant serait-il né de cette liaison ? Rien ne venait confirmer ou infirmer cette hypothèse à ce stade de l'enquête.

XXIV.

Gustave Daval était décédé l'année précédente, mais il restait quelques-uns de ses descendants sur le plateau. L'un de ses fils, Noël, qui vivait aux Grilloux, n'avait jamais vraiment rompu le contact avec sa sœur. Elle avait quitté Esmoulières en 1984 pour Dijon où elle avait partagé la vie d'un dénommé Bouchard, marchand de vin de son état. Le couple s'était séparé à la fin des années quatre-vingt-dix. La suite apparaissait plus floue. Françoise lui avait affirmé s'être installée dans le sud du Doubs, mais rien ne corroborait ses propos.

L'équipe chargée de la branche normande avait également progressé dans les vérifications d'emploi du temps. Si Béatrice, qui avait repris l'élevage équin de son père, ne s'était livrée à aucun déplacement hors région récemment, il n'en allait pas de même pour son frère.

Nathan était négociant en machines agricoles. Par son activité professionnelle, il était amené à visiter régulièrement des clients dans toute la France et s'était rendu dans le sud de la Lorraine à la fin du mois d'octobre. Il y avait passé une dizaine de jours selon lui. Les militaires l'avaient joint sur son portable, mais rien ne prouvait qu'il ait bien été de retour chez lui. Il fallait attendre les résultats du bornage du téléphone pour le confirmer.

-oOo-

Jérôme et Julia avaient passé la nuit à parler. Il lui avait tout dit de son enfance ainsi que ce qui concernait la mort de sa mère. La jeune femme découvrit aussi que si son mari avait conservé, telles des reliques, les carnets de cette dernière, il n'avait jamais eu le courage de les lire au-delà du premier. Elle synthétisa de ce qu'elle avait appris et lui montra les croquis qu'elle avait enregistrés sur son smartphone. Les gendarmes étaient repartis avec l'ensemble des journaux de Jeanne. Peut-être qu'ils contiendraient quelques détails susceptibles de les mettre sur une piste.

Jérôme était tombé des nues lorsque le major Jeandesboz lui avait raconté la brièveté de l'enquête sur le décès de sa mère. Mais il fallait bien admettre que certains des militaires de l'époque étaient des amis d'Antoine. Ils chassaient ensemble régulièrement. Quoi d'étonnant à ce qu'ils se soient satisfaits aussi rapidement de la version du suicide ?

— Penses-tu que mon père ait été suffisamment pourri pour tuer maman ?

— Pour l'instant, rien ne me permet de le dire. Jeanne vivait dans la peur des coups et des humiliations, mais elle ne semblait pas craindre pour sa vie. Pas plus qu'elle ne me paraissait dépressive au point de se pendre. Mais je n'ai pas tout lu, loin de là. Je vais pouvoir continuer, j'ai tout numérisé. Si tu t'en sens le courage, on peut se partager le travail.

Jérôme activa le Bluetooth de son téléphone et réceptionna les fichiers PDF transmis.

— Reprends où tu t'es arrêtée, moi je vais attaquer les documents à rebours afin d'avoir accès aux informations les plus récentes.

Le dernier carnet de Jeanne concernait l'année deux mille. Non sans émotion, Jérôme découvrit comment sa mère avait ressenti son départ pour la faculté de médecine de Strasbourg. Mais il n'avait pas le temps de s'attendrir, il devait lire en diagonale afin de dénicher d'éventuels éléments utiles à l'enquête. Même s'il savait que les gendarmes devaient plancher dessus, il avait ainsi l'impression de les aider à retrouver Oscar, faute de mieux. De plus, cela lui occupait l'esprit.

Rapidement, il comprit que Jeanne se sentait surveillée, mais ni par sa belle-mère ni par Antoine. Il s'agissait d'autre chose qui n'était pas décrit de façon explicite. Peut-être qu'en remontant dans le temps, il dénicherait une explication plus claire ?

— J'ai trouvé quelque chose ! Julia, fébrile, montra son écran à son mari. Regarde, là elle évoque *la garce du Brigandoux*. Est-il possible qu'elle parle de la fameuse Françoise Daval ?

— C'est probable en effet. Le Brigandoux est bien situé à Esmoulières. Qu'est-ce qu'elle a écrit à propos d'elle ?

— On est en juin mille neuf cent quatre-vingt-treize. *« Antoine a encore été vu à traîner avec cette garce à proximité de la cascade. Cela fait des mois que ça dure, je deviens la risée de toute la région. Avec les autres, c'était des passades, mais là… Quelque chose me dit qu'elle s'accroche. Est-il plus gentil avec elle ? Sait-il seulement être gentil ? J'ai des doutes. Alors, pourquoi vouloir le garder ? Ça n'a aucun sens. »* Je vais continuer, elle en reparle sans doute plus loin.

-oOo-

Il existait, dans le département, une dizaine de véhicules correspondant à celui du kidnappeur, dont trois seulement avaient des propriétaires domiciliés sur le plateau. Deux avaient été contrôlés par les hommes en bleu, le troisième — un certain Christian Gavoille — était absent de chez lui, sa femme avait indiqué qu'il avait dû s'absenter pour des raisons familiales. Lorsqu'il lui avait été demandé de préciser, elle avait invoqué des motifs tous plus confus les uns que les autres. En quittant les lieux, le binôme militaire pris la décision de laisser la maison sous surveillance discrète et s'installa en surplomb. S'il s'agissait bien de celle du suspect, leur visite entraînerait forcément du mouvement. Ils diffusèrent également, le numéro d'immatriculation dudit véhicule.

Leur instinct ne les avait pas trompés. Moins d'une demi-heure plus tard, la femme quittait l'habitation et sortait une 405 Peugeot du garage. La voiture s'éloigna en empruntant la route descendant sur Faucogney.

— Avis à toutes les patrouilles. Si vous voyez une 405 gris métallisé dont l'immatriculation vient d'être diffusée, conduite par une femme blonde ayant la quarantaine, descendant ou circulant dans Faucogney, merci d'opérer une filature discrète. Il s'agit sans doute de la femme de notre suspect. N'intervenez surtout pas et tenez nous au courant. Bien reçu ?

— Bien reçu. R.A.S pour l'instant. On vous tient au jus.

La nasse était en place, il n'y avait plus qu'à laisser du mou à la ligne avant de ferrer le poisson.

XXV.

Il faisait très froid dans le chalet, malgré le poêle à pétrole qui tournait. Mal isolée et non conçue pour y vivre, l'ancienne cabane de chasse était pourrie de courants d'air.

Oscar était emmitouflé dans une couverture et tentait de faire cesser ses claquements de dents. Depuis combien de temps était-il là, il ne le savait pas. Il lui semblait qu'il y avait une éternité qu'il avait été séparé de ses parents et de son doudou. L'homme, assis sur une chaise, lui tournait le dos. L'enfant avait l'impression de ne pas exister, car il ne lui parlait quasi jamais.

— Dis, c'est quand que tu me ramènes chez moi, osa quand même le gamin, d'une voix timide.

— T'es bien curieux ! Si tout va bien, demain. Silence maintenant. Je réfléchis.

La femme qui était venue apporter des provisions dans la matinée était restée avec lui, sous prétexte que l'homme avait une course à faire. Une course, alors qu'ils avaient à manger ? Ça avait paru étrange à Oscar qui, s'il était très jeune, n'était pas pour autant stupide. Il était parti un sacré bout de temps. La dame, elle, avait été plus gentille. Ils avaient fait des jeux ensemble et aussi chanté quelques comptines. Lorsqu'il était rentré, son mari lui avait dit de retourner à la maison, qu'il gérait tout ici. L'ennui était réapparu avec lui et Oscar s'était renfrogné dans son coin.

L'enfant entendit un bruit de moteur au loin. Quelqu'un venait. Aussitôt sur la défensive, le cerbère jeta un œil par un minuscule trou dans le papier et grommela.

— Mais qu'est-ce qu'elle a encore, cette connasse, à r'venir ? Elle va finir par m'faire r'pérer...

— T'as dit un gros mot !

— Ta gueule le mioche ou j'te coupe la langue, t'entends ?

La dame blonde du matin entra.

— Il faut que je te parle, c'est urgent, dit-elle à son mari. Sors avec moi.

Il la suivit à l'extérieur tout en jurant comme un charretier.

— Les flics sont venus à la maison, ils te cherchaient par rapport au 4 x 4. Ils pensent qu'il a servi à enlever le petit.

— Et comment ils savent ça d'abord ? Tu leur as dit quoi ?

— Que tu avais dû t'absenter pour des raisons de famille. Ils ont gobé et sont partis sans faire d'histoire, mais ça m'a secouée cette visite. Tu es sûr d'avoir bien fait attention ?

— Évidemment, tu m'prends pour qui ? Il y'a déjà assez d'la mère pour dire que j'suis taré, c'est pas la peine d'en remettre une louche. Tout est sous contrôle, demain midi nous serons riches. Enfin, surtout moi, faut pas déconner non plus hein. J'y ai foutu la trouille d'sa vie au Marseillais, tu peux m'croire.

— Alors, explique-moi comment les gendarmes connaissent ton véhicule, hein. Parce que sauf si t'as laissé des traces quelque part, ils n'auraient pas dû pouvoir remonter jusqu'à toi.

— Des traces, des traces... De pneus, mais mon 4 x 4 ne vole encore pas tu vois ! Il y avait de la neige j'te rappelles. Si la mère avait été un peu plus patiente, on aurait pu attendre la fonte...

— Ou prendre le risque qu'il y en ait plus oui. J'en ai marre de vos plans pourris à tous les deux. Tu sais ce qu'on risque, toi pour avoir kidnappé un gosse et moi, pour complicité ? Cher, très cher et...

Elle n'eut pas le temps de terminer sa phrase qu'une gifle monstrueuse s'abattit sur sa joue.

— Mais tu vas la fermer oui ! J'avais dit « aucun contact » et te voilà. T'es vraiment comme toutes celles de ton espèce, une bonne à rien, une connasse quoi. J'espère au moins que t'as pas été suivie, imbécile !

Oscar saisissait des bribes de conversation, mais ne comprenait pas tout. Les gendarmes le cherchaient, de cela il était sûr. Dans tous les dessins animés, les gentils finissaient toujours par gagner. Ce bonhomme aux allures d'ogre perdrait lui aussi, il en était convaincu. Ne pas l'énerver et attendre patiemment, voilà ce qu'il devait faire.

Il guetta par le petit trou à son tour et vit la dame remonter dans sa voiture en pleurant. Il eut juste le temps de courir se remettre sous la couverture que l'homme-ogre rentrait dans la tanière. Il bougonnait encore plus que lorsqu'il était sorti.

-oOo-

— À toutes les unités, je répète, à toutes les unités. Le véhicule suspect s'est engagé sur la D6 en direction du Nord. Femme blonde à son bord.

La traque commençait enfin. Un hélico avait été envoyé sur place et survolait le plateau depuis le milieu d'après-midi. Rapidement, il identifia la 405 sur la route étroite et sinueuse qui montait sur les dessus d'Amont-et-Effreney.

L'endroit était bien trop désert pour envisager la moindre filature terrestre.

Au QG installé à la gendarmerie de Faucogney, une idée avait germée dans la tête de l'officier qui pilotait les informations.

– Si nous utilisions un drone équipé d'une caméra ? Il serait piloté depuis

Amont, en toute discrétion et nous aurions les images en temps réel. En parallèle, il faut prévoir des hommes sur le haut, sur la D136. Ils pourront descendre discrètement une fois que l'on saura où est notre objectif.

– Et s'il est armé ? Il ne faut pas mettre en danger la vie de l'enfant.

– Nous utiliserons des fumigènes, il n'aura pas le temps de faire quoi que ce soit. De mon point de vue, nous avons affaire à un amateur. Vous voyez un pro jeter un mégot sur une scène de crime ?

– Certes, mais l'amateurisme peut-être dangereux. Ici, il y a des fusils de chasse dans chaque ferme ou presque…

– La chasse ! Il n'y a pas un ancien chalet de chasse par là-haut ? Il est désaffecté, mais existe toujours à ma connaissance, non ? Une cache idéale, en zone forestière, ce qui est plutôt un avantage pour nous. Nous n'avancerons pas à découvert et la surprise sera totale.

Il fallait agir vite et bien, avant que la nuit tombe.

-oOo-

— Docteur Galmiche ? Nous suivons une piste sérieuse. Si tout va bien, votre fils devrait dormir chez vous ce soir. Je vous rappelle dès qu'il y a du nouveau.

Le major Jeandesboz venait de téléphoner à Jérôme, toujours absorbé dans la scrutation des journaux de sa mère. Julia et lui reprirent espoir, il était temps, ils en avaient bien besoin.

Les derniers carnets avaient révélé que ce qui apparaissait au premier abord comme un délire paranoïaque de Jeanne n'était pas dénué de fondement. Elle rapportait des faits, des lieux. Ainsi, en juin deux mille, elle avait été suivie par un véhicule en revenant du marché. Celui-ci avait même tenté de la pousser au ravin alors qu'elle roulait sur la route du retour à la ferme. Elle n'avait dû son salut qu'à un réflexe qui l'avait finalement mise au fossé. La voiture avait bien entendu pris la fuite sans qu'elle puisse en identifier le conducteur. Elle rapportait également des missives, déposées anonymement dans la boîte aux lettres. *Si tu ne quittes pas cet endroit, on s'occupera de ton cas,* avait noté Jeanne à propos de l'une d'entre elles. Jérôme vivait encore là à cette époque, et il n'avait jamais rien vu ni su. Pourquoi sa mère n'avait-elle pas parlé, tout au moins à lui ? Sans doute avait-elle craint qu'il renonce à son départ pour la faculté. Antoine savait-il cela ? Rien ne l'indiquait nulle part.

Ils avaient survolé l'ensemble des carnets et il apparaissait bien que la dernière maîtresse d'Antoine était celle qui posait problème. Si son nom n'était jamais cité, Jeanne mentionnait bien le fait qu'elle avait été mise à la porte par son père. Il s'agissait assurément de Françoise Daval. À leur grande surprise, elle était donc revenue dans la région, puisqu'il était question d'elle en mille neuf cent quatre-vingt-dix-neuf et en deux mille. Incognito, sans doute en se faisant appeler autrement. Comme son ex-compagnon ? Comme il était peu probable que personne ici ne l'ait reconnue, elle avait dû s'installer soit à Lure, soit à Luxeuil-les-Bains, là où son anonymat était garanti. Elle était décrite comme accompagnée d'un jeune garçon d'une quinzaine d'années, qui avait, comme on dit pudiquement, « une coquetterie dans l'œil ». Ce qui questionna Julia et Jérôme, c'était la raison pour laquelle cette femme avait pu nourrir une telle obsession à l'égard de Jeanne. Si elle avait su quelle vie menait celle-ci, elle l'aurait sans doute moins enviée. Soit son cas relevait de la psychiatrie, soit il y a avait des éléments qui leur avaient échappés, ce qui n'était pas à exclure. Après tout, si Jeanne faisait état de certitudes pour certains points, elle supputait également beaucoup. Il était difficile de faire la part des choses dans pareilles conditions.

XXVI.

Dans le chalet de chasse, Christian tournait comme un lion en cage. Il avait beau avoir fait le dur lorsque sa femme était venue, le fait que les gendarmes lui aient rendu visite l'inquiétait. Il s'était refait le film des événements et ne voyait pas où il aurait pu commettre un faux pas. Ses bottes étaient on ne peut plus communes et il avait fait attention de laisser le moins d'empreintes possible. Il avait même essuyé rapidement avant de quitter la chambre. Aurait-il oublié un endroit ? Il ne se souvenait pas bien s'il avait touché autre chose que la fenêtre.

— J'ai faim. T'as pas un goûter ?

— Putain d'gosse ! Mais tu n'penses qu'à bouffer ma parole.

Il lui lança un paquet de gâteaux au chocolat.

— Mange ! Au moins pendant c'temps-là, j't'entendrai plus. Ce s'ra toujours ça d'pris.

Heureusement qu'il n'avait pas eu d'enfants, il ne les supportait pas. Il faut dire, à sa décharge, qu'il ne supportait pas grand-chose, y compris lui-même. Il avait grandi nourri par les remarques désobligeantes de sa mère et l'indifférence de son père. Il avait quitté l'école très jeune pour entrer en apprentissage. Les études, ce n'était pas son truc du tout. En plus, à l'école, ses congénères se moquaient de lui à cause de son strabisme. Il n'avait jamais trouvé sa place dans la société. Lorsqu'il était arrivé ici, il avait su immédiatement qu'il travaillerait dans les bois. La solitude était sa plus fidèle amie. C'est ainsi qu'il était devenu débardeur. Un métier certes difficile, mais qui l'épuisait et lui laissait peu d'énergie pour ressasser. Sa mère avait tout fait pour le caser, parce qu'elle en avait marre qu'il soit une charge pour elle, comme elle disait. *J'te traîne comme un boulet. J'vais te trouver une femme.* C'était donc elle qui avait fait en sorte qu'il rencontre Pamela. Elle s'appelait ainsi, car sa mère ne ratait jamais un épisode de sa série favorite : Dallas. Pamela ne picolait pas, Christian buvait assez pour deux ! Pas bien maline, elle présentait un bel embonpoint. Ce n'était pas un prix de beauté, mais que pouvait espérer de mieux son fils ? C'est que Françoise voulait profiter un peu de la vie sans avoir à se soucier de ce que pourrait bien devenir sa progéniture.

Ce mariage n'avait pas été une réussite puisqu'aucun enfant n'en avait jamais été issu. Forcément, Pamela n'était même pas bonne à pondre selon sa belle-mère, qui ne ratait jamais une occasion de le lui rappeler. Pourtant, c'était à la portée de la première cruche venue ! Il n'y avait qu'à écarter les cuisses. En la matière, Françoise savait de quoi elle parlait.

Elle était revenue en Haute-Saône à la fin de l'année mille neuf cent quatre-vingt-dix-huit et s'était installée à Luxeuil, dans un appartement HLM. Elle avait mis un terme à sa relation avec Bouchard après plus de dix ans de vie commune durant lesquels le couple avait plus cohabité qu'autre chose. Elle n'avait jamais pu tirer le moindre avantage de cette union, ni mariage ni donation, rien ! Pourquoi persévérer si c'était pour se retrouver le bec dans l'eau en cas de pépin ? Elle devait assurer son avenir. Et cela passait nécessairement par la Haute-Saône et les Mille Étangs. Le responsable de son bannissement devait assumer ses actes passés en lui rendant son honneur.

Elle était allée voir Antoine, discrètement. Ce n'était pas par sentiment, cela lui était totalement étranger. Mais elle estimait injuste de ne pas avoir un rang, eu égard au préjudice qu'elle avait subi. Il devait se débarrasser de sa femme et l'installer aux Brûleux, elle et leur fils.

Antoine était entré dans une colère noire.

— Je n'ai pas voulu de ton bâtard à l'époque, j'en veux pas plus maintenant ! Je t'avais dit de ne jamais revenir ici, t'es conne ou quoi ?

Il l'avait rouée de coups — de poing, de pied — et l'avait laissée dans un état pitoyable. Il faut dire qu'à cette époque, il avait un nouveau jouet, une jeune femme fraîche et pimpante qu'il n'avait pas encore eu le temps de détruire. Et pour le confort, il y avait Jeanne, son souffre-douleur à domicile, toujours disponible quelle que soit l'heure, à qui il pouvait faire ce qu'il voulait sans que cela porte à conséquence.

Pourquoi donc s'emmerderait-il avec cette harpie revenue de nulle part après des années ? Quant à son fils, il estimait qu'il était bien trop moche pour qu'il en soit le père. De toute façon, même si par le plus grand des hasards il l'était, c'était elle qui avait pris la décision de le garder, elle n'avait qu'à se démerder avec lui. Ce n'était pas son problème à lui. Quel culot avait cette greluche d'oser venir revendiquer quelque chose... Elle n'était rien à l'époque, elle était moins que rien aujourd'hui.

— Et ne t'avise pas de revenir m'emmerder, avait-il juré en la quittant.

De ce jour, Françoise avait nourri une haine farouche envers Jeanne. Elle n'aurait de cesse de la faire décaniller[14] de la ferme,

---

14Décaniller : partir, s'en aller, s'enfuir en langage familier dusse-t-elle consacrer à la chose tout son temps.

-oOo-

Christian, fébrile, allait guetter à tout moment par le petit trou qui donnait accès à l'extérieur. Il avait entendu des craquements. Étaient-ils dus à des animaux de passage ou à autre chose de plus inquiétant ? Il ne parvenait pas à les identifier et cela le rendait fou. Il n'aimait pas cela du tout. Sa mère ne lui avait pas redonné de nouvelles, mais cela n'avait rien d'anormal. Ils avaient convenu de ne pas utiliser le téléphone pour ne pas être traçables. Au moins, elle respectait ce qui était convenu, pas comme Pamela qui faisait n'importe quoi. Et si elle avait été suivie, lorsqu'elle était montée ? Il l'avait envisagé, avant de se reprendre. Sur cette route perdue, aucune voiture ne pouvait entamer une filature sans être immédiatement repérée. Alors une voiture de gendarmerie, on n'en parlait même pas.

Oscar, qui tentait de se réchauffer

comme il le pouvait, feuilletait un vieux Journal de Picsou que la dame lui avait donné, décodant quelques mots par-ci, par-là. Au moins les dessins le distrayaient un peu. *Ils font quoi, les gendarmes,* se demandait-il souvent. Il trouvait le temps long, et l'homme-ogre lui faisait peur. Jusqu'à présent, il s'était contenté de lui hurler dessus, mais l'enfant n'oubliait pas comment il avait frappé la dame, peu avant. Pourtant, elle n'avait rien fait ! Oscar se sentait totalement démuni. Si au moins l'autre sortait, il pourrait peut-être tenter de s'enfuir. Mais pour aller où ? Il n'avait aucune idée de l'endroit où il se trouvait. Les idées se bousculaient dans sa petite tête enfantine. Que feraient ses héros préférés dans une telle situation ? Les gendarmes n'avaient pas de Batmobile pour venir à son secours…

XXVII.

Le dimanche soir, il était dix-sept heures lorsque le major Jeandesboz avait rappelé Jérôme. *Venez me retrouver à Effreney, je vous attendrai à la ferme de la Jonchée, nous y avons installé le QG. Le dénouement est proche, nous avons localisé et cerné l'individu.*

Julia se jeta dans les bras de son mari. Ils se précipitèrent, enfilèrent des vestes chaudes à la hâte et se mirent en route. Il y avait quand même quelques kilomètres à faire. Pour rejoindre le lieu de rendez-vous, le plus pratique était encore de passer par Raddon-et-Chapendu, puis Saint-Bresson. La nuit était tombée. Une vingtaine de minutes plus tard, Jérôme garait le SUV sur le parking devant la ferme. De nombreux véhicules de gendarmerie y étaient stationnés et un marabout militaire avait été monté. Le couple y retrouva Jeandesboz qui les accueilli chaleureusement. Préfet et procureur étaient également présents, dans l'attente du retour de la vingtaine d'hommes en opération autour de l'ancienne cabane de chasse. L'encerclement était effectif, ils attendaient les ordres pour intervenir.

— Faites attention à notre fils, osa Jérôme. Il n'a que cinq ans.

— Ne vous inquiétez pas, nous avons l'habitude. Nous avons arrêté sa femme lorsqu'elle est descendue tout à l'heure, nous savons qu'il n'est pas armé. Nous le neutraliserons immédiatement en entrant. Nous avons également interpellé sa mère, mais nous en reparlerons plus tard. Elle est, en ce moment-même, en cours d'audition à Luxeuil.

Le feu vert fut donné aux troupes sur le terrain de donner l'assaut.

Dix minutes plus tard, un message radio tombait : « Suspect appréhendé, on a récupéré l'enfant, il va bien. La scientifique peut descendre pour les relevés judiciaires. »

Julia et Jérôme pleuraient de soulagement. Ces dernières heures avaient été terriblement éprouvantes pour leurs nerfs. Le cauchemar était enfin terminé.

-oOo-

La gendarmerie de Haute-Saône pouvait s'enorgueillir d'avoir résolu avec une fin heureuse cette délicate affaire d'enlèvement de mineur, en moins de quarante-huit heures. Les trois mis en cause firent l'objet d'interrogatoires très poussés. S'il ne faisait aucun doute que Christian et Pamela étaient bien impliqués jusqu'au cou, il manquait cependant le mobile de tout cela. Quant à Françoise, c'était sa belle-fille qui l'avait dénoncée. *C'est elle qui a mis ça dans la tête de Christian. Elle l'a harcelé jusqu'à ce qu'il lui cède. Tout ce qu'il s'est passé est de sa faute.*

Pamela s'était mise à table sans se faire prier, balançant absolument tout ce qu'elle savait. Quelle ne fut pas la surprise des enquêteurs, lorsqu'il s'avéra qu'en fait, Gavoille n'était pas le patronyme de Christian, mais celui de sa femme, qu'il avait adopté en se mariant — chose rarissime mais pas inexistante. Sa mère lui avait dit que ça lui permettrait de rester inconnu des habitants du plateau, qui ainsi ne feraient aucun lien avec elle.

Christian ne s'était pas fait prier non plus pour parler et balancer sa mère. Mais sa haine de Jérôme était réelle.

— Il a tout eu tandis que moi j'étais considéré comme un chien ! Y' a pas de justice sur cette terre. Vous croyez que c'est une vie d'être traité de bâtard à tout bout de champ ? Même ma mère m'a jamais aimé par sa faute. J'aurais mieux fait de me foutre en l'air finalement, dit-il avant de se mettre à pleurer comme un gosse.

Les époux Daval-Gavoille s'était vu notifier leur mise en examen au motif d'enlèvement et complicité d'enlèvement de mineur avant d'être déférés au Parquet de Vesoul.

-oOo-

À Luxeuil, Françoise Daval avait été placée en garde à vue pour vingt-quatre heures. Il fallait absolument la faire craquer. Ce qui intéressait au premier chef les enquêteurs, c'était la ou les raisons de sa haine de la famille Galmiche. On n'en arrivait pas à organiser le rapt d'un enfant de cinq ans sans qu'il y ait derrière une rage réelle.

Elle raconta sa liaison avec Antoine, comment son père l'avait jetée dehors lorsqu'il avait appris qu'elle était enceinte, le mépris de son amant et sa fuite à Dijon. Lorsqu'elle avait rencontré Bouchard, elle espérait qu'il reconnaîtrait son fils mais il n'en avait rien été. Il n'y avait eu ni mariage ni reconnaissance de l'enfant. Alors elle s'était juré qu'un jour, elle obligerait Antoine à assumer les conséquences de ces actes. Ce jour était arrivé à la séparation du couple, lorsque Françoise était revenue dans le département. Antoine, fidèle à lui-même, l'avait copieusement battue et menacée. Surtout, il semblait se satisfaire un peu trop de sa « bobonne ».

— Que vouliez-vous que je fasse ? Tant qu'elle était là, je n'avais aucune chance. Alors, j'y ai fait peur, mais ça n'a pas suffi. La Jeanne, si elle avait été moins bête, elle serait toujours là voyez-vous !

— Comment doit-on comprendre vos

propos ? demanda le gendarme qui menait l'interrogatoire.

Elle savait ce qu'elle risquait ! Je m'y suis tellement bien pris que personne n'a rien vu. C'est que j'avais préparé ça comme il faut, et j'avais pas un imbécile pour faire capoter le projet cette fois-là. J'ai surveillé ses habitudes, je voyais bien qu'elle était fatiguée, qu'elle pleurait souvent et tout ça. Elle m'a mâché le travail ! Le trente novembre de cette année-là, je suis allée aux Brûleux à pied. Je l'ai guettée et ai attendu qu'elle soit seule. Là, je lui ai dit qu'il fallait qu'on parle. Elle m'a proposé un café, ce que j'ai accepté. Quand je vous dis qu'elle m'a facilité le travail... J'ai glissé un Valium® dans son café sans qu'elle n'y voie rien. Après, lorsqu'elle a été endormie, je l'ai traînée dans la grange et je l'ai pendue ! Beaucoup de gens ici savait qu'elle était malheureuse, le suicide a paru évident à tout le monde, et j'étais là pour consoler Antoine ! Mais ce salopard n'a pas plus voulu de moi qu'avant, il a même été encore plus odieux en rajoutant qu'il avait pas besoin de légitimer un bâtard, vu qu'il avait un fils qui allait être docteur et qui un jour hériterait. Il m'a jeté ça en pleine figure avec un regard de haine… Mais ça s'est arrêté là car, comme il était pas blanc-bleu l'Antoine, il avait pas intérêt non plus à ce que l'enquête soit trop sérieuse ! Je me suis jurée que les Galmiche l'emporteraient pas au Paradis, surtout le petit môssieur ! Quand l'Antoine est tombé malade, j'ai pensé que peut-être, il nous laisserait quelque chose à quatre yeux et à moi. Mais je t'en fiche ! Que dalle… Jusque dans la tombe il aura été ignoble cet animal-là. Alors vous comprenez, quand j'ai su que le Marseillais allait revenir vivre ici, mon sang n'a fait qu'un tour. Il revenait nous narguer !

En moins de temps que les militaires ne l'avaient imaginé, non seulement elle avait avoué avoir fomenté l'enlèvement du jeune Oscar Galmiche, mais en plus elle venait d'avouer un assassinat qui avait échappé à tous les radars. Elle s'éviterait le souci de savoir où passer ses vieux jours et serait logée, nourrie et blanchie pendant de longues années par l'État. La mise en examen pour l'assassinat de Jeanne Toillon épouse Galmiche lui fut notifiée car, bien que les faits soient prescrits, ils feraient tout de même l'objet d'une réouverture d'enquête. Une mise en examen pour avoir fomenté le rapt d'Oscar Galmiche vint s'y ajouter.

-oOo-

Jérôme, Julia et Oscar venaient de rentrer chez eux. L'enfant était passé par le service des urgences de l'hôpital Nord Franche-Comté pour examens, avant d'être autorisé à rentrer avec ses parents. Dire qu'ils étaient soulagés serait un euphémisme. L'enfant était fatigué, il s'endormit rapidement, blotti entre son père et sa mère, dans le grand lit parental. Ils avaient tous besoin de ce contact charnel après les longues et pénibles heures qu'ils avaient vécu.

Marianne avait appelé afin de prendre des nouvelles du bambin. Elle et Jean passeraient voir la famille le lendemain.

Au grand étonnement de Jérôme, il y eut également pas mal d'appels en provenance de Normandie. Les cousins, mis au courant par les enquêteurs, s'étaient inquiétés de ce petit garçon innocent enlevé. Ils se sentaient en solidarité avec les parents, même s'ils leur étaient inconnus et avaient été surpris, eux aussi, par ce demi-frère que Jérôme avait découvert, fanatisé par une mère manipulatrice monomaniaque au point de s'en prendre à un enfant. *On peut comprendre beaucoup de choses, la colère, un geste malheureux sous le coup de l'émotion, mais s'attaquer froidement à un gosse, ça n'a pas de nom,* avait dit Nathan, le fils de Gilbert.

Jérôme, seul au monde depuis vingt ans durant lesquels Julia et Oscar avaient constitué son unique famille, découvrait qu'il faisait désormais partie d'un tout. C'était une sensation nouvelle pour lui, mais qui était loin d'être désagréable.

Une belle vie s'ouvrait à lui, au cœur de ces Mille Étangs qu'il aimait tant.

Épilogue

26 Mai 2022 — Les Brûleux

C'était le branle-bas de combat dans la maison. Le couple s'activait à terminer les derniers préparatifs de la fête qui allait se dérouler durant tout ce week-end prolongé.

À toute chose malheur est bon, a-t-on coutume de dire. En l'occurrence, la terrible épreuve que Julia et Jérôme avaient traversée quelques mois auparavant leur avait permis de nouer de solides liens avec les Galmiche qu'ils ne connaissaient jusqu'alors pas. La disparition d'Oscar avait bouleversé les cousins normands autant que les Toillon et tous s'étaient promis d'organiser une grande réunion dès que les beaux jours seraient là.

La date en avait été fixée pour l'Ascension, seul pont de ce mois de mai. Ils allaient arriver aux Brûleux d'un moment à l'autre : Nathan et son épouse, Béatrice, son compagnon ainsi que ses parents, tous venaient exprès de leur Normandie. Gilbert, bien que malade, avait pu bénéficier d'une permission exceptionnelle pour retourner sur les lieux de sa jeunesse, comme un dernier plaisir octroyé à l'octogénaire par sa descendance. Les fils de Béatrice les rejoindraient dès le vendredi soir.

À cette petite troupe, il fallait ajouter également Jean et Marianne Toillon, leurs enfants et petits-enfants, ainsi que les parents de Julia qui montaient tout spécialement d'Alès. Ils n'avaient pas revu leurs enfants depuis que ceux-ci avaient quitté Montélimar en septembre de l'année précédente.

La maison des Brûleux serait pleine comme un œuf durant trois jours. Si certains venaient en camping-car et seraient autonomes, d'autres devraient loger à La Voivre chez Jean et Marianne ou en chambre d'hôte. Les parents de Julia ainsi que Gilbert et son épouse coucheraient sur place, aux Brûleux. Ainsi Jérôme pourrait surveiller médicalement son oncle.

Oscar jouait avec un jeune terre-neuve

à la robe d'un beau marron foncé. L'animal, aussi gros que le bambin, s'en donnait à cœur joie dans l'eau froide de l'étang dans laquelle Oscar avait lancé un bâton.

L'épreuve de l'enlèvement avait fait mûrir prématurément l'enfant. À son retour, celui-ci avait remisé son doudou dans un placard en disant *Je suis grand maintenant, je n'en ai plus besoin.* Mais au moment de l'adoption du chien, il avait tenu à le baptiser du même nom. Après tout, un compagnon réel de chair et de poils n'était-il pas beaucoup mieux qu'une peluche ? L'animal s'était très rapidement attaché à son jeune maître, à tel point qu'il ne le quittait plus.

Jérôme avait loué pour trois jours un chapiteau qu'il avait installé en bordure d'étang, à proximité de la roselière. Pour la bonne trentaine d'invités, la terrasse était apparue trop petite. Pour cette cousinade, Julia avait fait appel à un traiteur local et Jérôme avait confectionné un barbecue géant avec un demi-tonneau. Tout semblait prêt, les boissons stockées au frais attendaient que les convives arrivent.

Discorde, haine et violence avaient cédé la place à la convivialité et à l'amour, en ce lieu que d'aucuns disaient maudit.

Christian était incarcéré à Mulhouse, en détention préventive. Laissée en liberté conditionnelle sous bracelet électronique, Pamela devrait comparaître également pour complicité d'enlèvement de mineur. Il serait tenu compte de sa coopération avec les gendarmes en ce qui concernait la libération du gamin. La mère de Christian faisait l'objet d'une double inculpation en tant qu'instigatrice du rapt d'Oscar, mais aussi, et surtout pour l'assassinat de celle qui l'avait toujours empêchée d'accéder à ce qu'elle convoitait, Les Brûleux. Elle tuait le temps à la prison de Troyes.

Le soleil printanier pointait au zénith lorsque les invités arrivèrent enfin. Au loin, des vaches vosgiennes, en robes noires et blanches typiques, paissaient tranquillement tandis que des oies sauvages traversaient le ciel azuréen. Les Brûleux résonnaient de rires et d'éclats de joie comme jamais auparavant dans leur histoire. La porte y serait désormais toujours ouverte pour qui souhaiterait y séjourner. Le mauvais sort était définitivement conjuré.

Remerciements

Je tiens à remercier mes bêta lectrices qui n'ont cessé de m'encourager à poursuivre l'écriture de ce roman durant des mois : Francine, Françoise, Magali, Liliane et quelques autres.

Sans leurs pressions régulières, j'aurais sans doute mis beaucoup plus de temps et douté de l'efficacité de mon intrigue.

Je remercie également Patrice Galmiche de m'avoir permis d'utiliser l'un de ses clichés pour illustrer la couverture de cet ouvrage.

Je salue enfin la mémoire de mes ancêtres, issus du plateau des Mille Étangs, qui sont à l'origine de mon attachement à ce territoire dont la renommée est croissante.

Du même auteur

Participations à des recueils collectifs
Folies de femmes — Éditions Blanche
Osez 20 histoires d'infidélité — Éditions de la Musardine
Transports de femmes — Éditions Blanche
Osez 20 histoires de domination/soumission — Éditions de la Musardine
Secrets de femmes — Éditions Blanche
À mon amante — Éditions Dominique Leroy
Lettres à un premier amant — Éditions Dominique Leroy

Exclusivement numérique
Un, deux, trois... Nous irons en croix — Éditions Dominique Leroy
Que la chair exulte ! — Éditions Dominique Leroy
Poupée de chair — Éditions Dominique Leroy
Les Noces de la Saint-Jean — Éditions HQ

Autoédition mixte
Mise au Poing
Petites & grandes histoires de Franche-Comté
Les Nouvelles désirantes
Journal d'une tornade blanche non confinée
Une famille en noir & blanc
Qui veut la peau de Parsifal ?